एक काली घमंडी लड़की

क्या वह बन पाएगी सुपरस्टार?

प्रियंका श्रीवास्तव

Made with ♥ on the Notion Press Platform
www.notionpress.com

यह किताब मैं अपनी माँ श्रीमती कल्पना श्रीवास्तव और पूरे परिवार को समर्पित करती हूँ।

क्रम-सूची

प्रस्तावना

हर किसी के जीवन में कुछ ऐसे सवाल होते हैं जिनका जवाब ढूँढना नामुमकिन तो होता है, पर उतना ही जरूरी भी होता है। कुछ ऐसे सवाल मेरे भी हैं, कुछ खुद से.... कुछ समाज से... कुछ भगवान से...। इन सवालों का जवाब ढूंढते-ढूँढते एक दिन मेरी मुलाकात राधिका से हुई। उसने मेरे खूबसूरती और बदसूरती के पैमाने हिला कर रख दिए। उसके घमंड ने या स्वाभिमान ने मुझे यह किताब लिखने पर मजबूर कर दिया। मैं कोई पेशेवर कथाकार या लेखिका नहीं हूँ।मैं तो अपने सवालों का जवाब चाहती थी, मध्य प्रदेश के एक छोटे से कस्बे पथरिया से मुंबई तक का सफर सिर्फ अपने सवालों के लिए किया था। मैं 2013 में कंप्यूटर इंजीनियर का लबादा ओढ़े अपने अपनों से हँसी-खुशी विदा लेकर मुंबई की भीड़ में

शामिल हो गई। पर भीड़ का हिस्सा बनना इस लबादे के अंदर की आत्मा को मंजूर नहीं था। जिस दिन राधिका मेरी सहेली बनी उस दिन से यह घुटन भरा लबादा धीरे धीरे मेरे सिर से सरकने लगा। अजीब घमंडी लड़की है, उससे पूछा एक दिन मैंने कि आखिर उसे घमंड किस बात का है? वह खिलखिला कर हँस पड़ी... और बोली "मैं पिछले जन्म में अप्सरा थी... जिसे अपनी खूबसूरती पर बहुत नाज़ होगा, किसी ऋषि की तपस्या भंग की, तो उसने मुझे श्राप दिया कि मैं काला रंग लेकर धरती के सबसे रेसिस्ट देश में जन्म लूंगी जहां मुझे सब बदसूरत बोलेंगे... तो मैं काले रंग के साथ तो पैदा हो गई पर मेरा खूबसूरती का घमंड रह गया.... हाँ तो मुझे खूबसूरत होने का घमंड है। मेरी माँ मेरे होने का वजूद है, उनसे ही मिला है मुझे यह रंग और खूबसूरती। बोलो मुझे मेरे वजूद का घमंड क्यूँ ना हो। "

मैं अवाक उसका चेहरा देख रही थी... उसकी बताई कहानी में दम तो था, वह सीटी बजाते हुए थिएटर जाने तैयार हो रही थी। लंबे काले बाल, एक मासूम बच्ची की तरह प्यारे नैन-नक्श, डार्क चॉकलेट से बनी चमकती हुई छरहरी कद काठी। पर आंखें... हां आखें अजीब चमकदार आंखें। जिन में सच में वह घमंड था। मैंने हमेशा लोगों को उसे ऊपर से नीचे ताड़ते देखा था और मैं भी उसे कई बार देखते रह जाती हूँ, जैसे अभी...

उसने मुझे मेरी तंद्रा से बाहर निकाला, बोली "क्या हुआ विश्वास नहीं हो रहा?.... अरे सच्ची मुझे लोगों को रिझाने में बड़ा मजा आता है, पता नहीं कितने बार मैं अपने आप को एक मंच पर नाचते हुए इमेजिन करती हूँ, सब दूर से वाह-वाह कर रहे हैं, पर किसी का पास आना मना है। एक बात और बताऊं मेरा फेवरेट

गाना 'परी हूँ मैं.. मुझे ना छूना...' है।"

वह खिल-खिला के हँस, मुझे बाय बोल, इतराते हुए मटक-मटक कर कमरे से बाहर निकल जाती है।

मैं खुद एक काली लड़की हूँ, और शायद घमंडी भी.... पर मैं कभी अपने अंतर्मन की आवाज को किसी के सामने शब्दो में नहीं कह पाई, राधिका कितनी आसानी से मुझे यह सब शब्दों में कहकर चली गई। राधिका कहती है कि वह एक दिन बहुत बड़ी हीरोइन बनेगी... जब भी वह यह बोलती है तो मेरा दिल दुआएं देने लगता है, कि हे भगवान इसे इसकी लड़ाई में जिता दे, इसके घमंड को आबाद रख। न जाने मुझे इसकी लड़ाई अपनी लड़ाई क्यों लगती है।

भूमिका

घमंड और स्वाभिमान में एक तलवार की नोक बराबर फर्क है। मुझे राधिका घमंडी लगती है, हो सकता है आपको स्वाभिमानी लगे। या क्या पता आप भी उस तलवार की नोक पर चलना शुरू कर दें जिस पर चलते हुए मैंने यह कहानी लिखी। हो सकता है आपके अंदर भी एक राधिका हो पर शायद वह अपना घमंड कभी किसी को दिखा ना पाई हो या स्वाभिमान से कभी जी ना पाई हो। यह मेरी कहानी नहीं है, यह उन सब राधिकाओं के जीवन की सच्चाइयों में गोता खाते हुए एक चपटा पत्थर है, जिसे मैंने तश्तरी बनाकर इस दुनिया के समंदर में उछाल दिया है कोशिश है कि यह काफी दूर तक छलांग लगाते हुए जाएगा और दुनिया के करोड़ों दिलों को छूएगा।

-प्रियंका श्रीवास्तव

1

चश्मा वजूद के घमंड का

ट्रेन के अचानक रुकने से राधिका अपने ख्यालों की दुनिया से बाहर आती है, वह अपने छोटे भाई राहुल को फोन कर के सीट नंबर और बोगी नंबर फिर से बताती है, राहुल जवाब में बोलता है "हां दीदी मैं यही खड़ा हूं ।"

दोनों सामान उठाकर स्टेशन से निकल के कार में बैठते हैं

राहुल : कैसा रहा सफर ? अचानक से आपको छुट्टी कैसे मिल गई इतने दिनों की ?

राधिका : बस तुम लोगों की बहुत याद आ रही थी, और अर्न लीव भी थी तो आ गई ।

दोनों मुस्कुराते हैं । राधिका खिड़की के बाहर देखते हुए फिर अपने ख्यालों में खो जाती है l

वह इन खयालों से पीछा छुड़ाना चाहती है, भाग के अपने मां के गले लग जाना चाहती है, शायद उससे गले लगने पर उसकी इस कशमकश से राहत मिल जाए l

राहुल : मम्मी बहुत खुश हैं, जब से पता चला है कि आप आ रही हो l चाची से कह रही थी फोन पर कि "मुंबई से बड़े दिनों बाद आ रही है रीना, बहुत वेट लूज कर लिया उसनेl नौकरी के 3 सालों के बाद 15-20 दिन की छुट्टी मिली है l"

राहुल : मम्मी सुबह से लगी हुई है कहीं पोहा बनाने में कहीं छोले चावल बनाने में l

राधिका मुस्कुराने लगती है, मां के प्यार ने जैसे उसको राहत दे दी हो l

राधिका : मम्मी यार सुपर क्यूट है l कितना ख्याल रखती हैं हम सबका l

राहुल : हां बस अपना छोड़कर।

दोनों हंस पड़ते हैं।

घर पहुंच के मम्मी से गले लगती है, पापा आकर उसके पैर छूते हैं।

मम्मी : 3 साल बाद टाइम मिल गया इंजीनियर साहिबा।

पापा : आ गई मुंबई वाली देवी जी ! रीना वजन तो बहुत ही घटा लिया है। अपनी मम्मी को भी टिप्स दो थोड़ा।

मम्मी : हां पापा का सो सो के वजन घट रहा है और हमारा काम कर करके पेट बढ़ रहा है, कलयुग है भाई क्या करें।

सब हंसने लगते हैं।

मम्मी : चलो रीना हाथ पैर धो लो, तुम्हारा फेवरेट पोहा तैयार है।

राधिका : हां मम्मी बहुत भूख लग रही है।

नाश्ते के बाद राधिका अपना बैग खोलती है, दोनों बहने और भाई उसको घेर लेते हैं। और अपने अपने गिफ्ट खोलकर देखने लगते हैं।

मम्मी : तुम फालतू में पैसा खर्च करती रहती हो, अपनी शादी के लिए बचा कर रखो थोड़ा।

पापा : और क्या, अब तो यह लोग भी कमाती हैं। राहुल पढ़ रहा है अभी तो उसके लिए चलता है।

राधिका की दोनों बहने रश्मि (छोटू) और रानी (ईशु) दोनों धीरे से पापा का मजाक बनाती हैं-

ईशु : आपको तो बस पुत्र दिखाई देता है पुत्र मोह में पागल मत हो जाइए।

छोटू : पुत्र मोह के कारण पूरी महाभारत हुई थी, धृतराष्ट्र बने जा रहे बिल्कुल पुत्र मोह में।

तीनों हंसने लगती हैं।

राधिका : मम्मी जी-पापा जी आप लोग अपने गिफ्ट तो देखिए।

तभी अचानक राधिका का फोन बजता है, स्क्रीन पर अर्जुन नाम देखकर राधिका थोड़ी सी असहज हो जाती है। वह हड़बड़ा के फोन काट देती है , और नंबर ब्लॉक लिस्ट में डाल देती है।

मम्मी : अरे मेरे लिए भी गिफ्ट है चलो दिखाओ दिखाओ !

राधिका अपना फोन साइलेंट मोड पे डाल कर के साइड में रख देती है। और मम्मी का गिफ्ट उन्हें देती है।

मम्मी को सोने की अंगूठी बहुत पसंद आती है।

मम्मी : रीना यह तो बहुत महंगी होगी।

राधिका : मम्मी आप ये सस्ता मंहगा कब छोड़ोगे, अब 3 साल बाद आ रही थी तो सोचा कुछ अच्छा ही ले लूं l

राधिका : पापा जी आपके लिए भी सोने की अंगूठी लाई हूं l

पापा : अरे बेटा इतना खर्च करने की क्या जरूरत थी, तुम लोगों के पहनने ओढ़ने के दिन हैं, हम लोग तो अब बूढ़े हो गए l

राधिका : अरे कहां बूढ़े हो गए आप लोग , अब तो तीनों बेटियां कमाने लग गई हैं अब तो मजे करने के दिन है आप लोगों के l

पापा : बात तो बिल्कुल सही है, लाओ हमारी अंगूठी हम भी पहन कर देखें l

पापा को दोनों तरफ की बातें करता देख सब हंसने लगते हैं

राधिका सब से नजरे चुरा के अपने फोन की तरफ देखती है , 12 मिस कॉल अर्जुन के ब्लॉक नंबर से l राधिका का चेहरा फिर एकदम मुरझा जाता हैl

छोटू यह बात नोटिस करती है , और चुटकी लेते हुए बोलती है : क्या देख रही हो फोन पर बार-बार ?

राधिका : कंपनी वाले फोन कर कर के परेशान करते रहते हैं, यह लोन ले लो वह इंश्योरेंस करा लो l तुम अपना ड्रेस पहन के तो दिखाओ l गिफ्ट की कोई इज्जत ही नहीं है l

छोटू : अरे यार नहाकर ट्राई करेंगे अभी नहाया नहीं है, नहीं तो गिफ्ट बदबूदार हो जाएगा l

सब ठहाका लगाकर हंसने लगते हैं l

मम्मी : हां चलो सब एक-एक करके नहा लो यह सभा बाद में लगाना, दीदी है अभी 15-20 दिन यहां l शाम को चाचा जी चाची जी मिलने आएंगे, थोड़ी शक्ल सूरत बना कर रखना तुम लोग l

राधिका मम्मी की गोद में लेटते हुए बोलती है

: अरे मम्मी आप तो मिल लो अच्छे से पहले फिर बाकी लोगों से बाद में मिलते रहेंगे l

कालिंदी उसके बाल सहलाते हुए बोलती है

मम्मी : चाची जी बहुत टाइम से बहुत अच्छे अच्छे रिश्ते बता रही हैं, पर तुम ना तो अपने फोटो भेजती हो ना अपना बायोडाटा बनाती हो l

राधिका चुपचाप अपना सर कालिंदी की गोद में छुपाए लेटी रहती है, उसको समझ नहीं आता कि अपना डर कैसे बताए l

शाम को चाचा जी चाची जी और उनकी बेटी सुरभि आए हुए हैं lचाची, मम्मी, सुरभि, ईशु, राधिका, छोटू और राहुल अंदर वाले कमरे में बैठकर बतिया रहे हैं

नाश्ता सामने रखा हुआ है। पापा और चाचा हॉल में बैठे चाय नाश्ता करते हुए चुनावों पर चर्चा कर रहे हैं।

चाची : रीना तुम तो सही में बहुत पतली हो गई हो, अब फटाफट लड़का देखकर शादी कर लो, इससे पहले फिर से मोटी हो जाओ।

राधिका हंसने लगती है।

राधिका : चाची जी ! अब नहीं होना फिर से मोटे बहुत मेहनत से पतली हुई हूं मैं।

चाची : रीना लेकिन रंग और दबा हुआ लग रहा है इसके लिए भी कुछ करो। मुंबई में तो कितनी हीरोइन काली से गोरी हो जाती हैं तुम भी पता लगाओ क्या करवाती हैं यह लोग।

राधिका : चाची अब वो लोग जो कराती हैं बहुत महंगे ट्रीटमेंट होते हैं अभी इतनी भी ज्यादा सैलरी नहीं हुई है मेरी।

मम्मी : अरे तुम घर के ट्रीटमेंट तो कर लिया करो हल्दी- बेसन-दही हमने कितनी बार कहा, लगाया करो रोज ! लेकिन नहीं टाइम ही नहीं है। उल्टा धूप में घूमती रहती हैं।

राधिका को बहुत तकलीफ होती है अंदर ही अंदर पर वह सामने दिखाए बिना वहां से उठकर जाने लगती है।

राधिका : मैं पापा जी लोगों को चाय देकर आती हूं।

राहुल, ईशु, छोटू भी अपने कमरे में चले जाते हैं।

जब राधिका वापस मम्मी चाची और सुरभि जहां बैठी है, उस कमरे की ओर बढ़ती है तो वह मम्मी और चाची की खुसर पुसर की आवाज सुनती है।

चाची : दीदी आप चिंता ना करो थोड़ा बहुत तो गोरा करके फोटोस वैसे ही सब लोग भेजते हैं चाहे कितनी भी गोरी लड़की हो। अगर रिश्ते की बात आगे बढ़ती है तो घर पर आएंगे ही वह लड़की देखने, तब रीना के नौकरी, गुणों और लेनदेन सब देख समझ लेंगे। एक बार में तो अच्छी अच्छी सुंदर लड़कियों के रिश्ते नहीं होते दीदी तो अपने को तो चार पांच जगह प्रयास करना पड़ेगा।

मम्मी : कल ही गोलू फोटोग्राफर को बुलवा के रीना की साड़ी में फोटोस निकलवाती हूं।

चाची : और उस को फोटो गोरा करने बोलना नहीं तो यह लोग आधा अधूरा काम करके देते हैं।

राधिका भरे मन से कमरे में एंटर करती है, एक मुस्कुराहट के साथ खाली प्लेट और कप उठाती है जैसे उसने कुछ ना ही सुना हो। यही तो करते आ रही थी वह

जब से होश संभाला था, लोगों की बात सुनकर भी अनसुनी करने का दिखावा करने का या जैसे उसे कोई फर्क ही ना पड़ रहा हो, की झूठी कोशिश करने का।

मम्मी : रीना कल गोलू फोटोग्राफर को बुला रहे हैं , चाची जी तुम्हारी साड़ी और सूट में फोटो मांग रही है, लड़के वालों को भेजने के लिए।

राधिका थोड़ा इतराके बोलती है।

राधिका : साड़ी और सूट तो मेरे पास है नहीं मिनी स्कर्ट में चलेगी, हम वैसे भी नहीं पहनेंगे शादी के बाद साड़ी और सूट।

मम्मी,चाची,राधिका तीनों हंसने लगती हैं।

चाची : अरे बेटा रिश्ते के लिए फोटो साड़ी और सूट में ही भेजते हैं फिर तुम चाहे जो पहनना शादी के बाद।

राधिका : अरे चाची जी मजाक कर रहे हैं देखो मम्मी कितना टेंशन ले लेती हैं हर बात का।

यह बोलते हुए वह अपनी मम्मी को पीछे से गले लगा लेती है , जैसे सब बोल देना चाहती है जो उसके मन में है।

पर वह ऐसा नहीं कर सकती। अगर वह यह बता दे कि उसे भी अपने काले रंग से डर लगता है , और उन लोगों से कहीं ज्यादा लगता है, तो सालों से किया गया यह स्ट्रांग लड़की का दिखावा जो हमेशा से पढ़ाई-लिखाई, डांस म्यूजिक, खेलकूद, सिलाई-बुनाई, चित्रकारी, घर के कामों से लेकर इंजीनियर की नौकरी तक में अव्वल रहने वाली रीना खुद की और दूसरों की नजरों में सिर्फ एक काली लड़की रीना रह जाएगी, जो उसके 26 सालों के अथक परिश्रम से बने इस वजूद के घमंड को कतई मंजूर नहीं था। वह बेचारी काली रीना की तरह नहीं जीना चाहती, उसे अपने वजूद के घमंड का चश्मा अच्छा लगता है।

2

बैंगनी मुंह वाली बंदरिया

मम्मी की लोहे की अलमारी के दरवाजों की चूर-चूर और खटर-पटर की आवाज से राधिका की नींद खुलती है , वह फोन उठाकर टाइम देखती है सुबह के 5:30 बज रहे हैं l राधिका झटके से दूसरी तरफ करवट बदलते हुए , बड़बड़ाती है -

राधिका : मम्मी क्या कर रही हो यार सोने दो, इतनी सुबह से कौन अलमारी जमाता है l

मम्मी : लाडो, तुम भी उठ जाओ तुम्हारे लिए ही साड़ियां और जेवर निकाल कर रख रहे हैं l कई सालों से तुम तीनों के लिए छोटे-छोटे सुंदर जेवर बनवाए हैं , आज तुम उन्हीं में फोटो निकलवाना l बिल्कुल रानी लगोगी तुम l

यह कहते हुए उसकी मम्मी हाथ में जेवर के बक्से और कुछ साड़ियां लेकर उसके पास आकर पलंग पर बैठती है l

न जाने राधिका को जेवर और साड़ियां देखने का लालच था या अपनी मां की ममता पर आश्चर्य था, या वह अपनी मां के प्यार का सम्मान करना चाहती थी , जैसे उसे अब पछतावा हो रहा था अपने तुनक कर करवट बदल के बड़बड़ाने पर l वह बिना एक सेकेंड गंवाए मम्मी की तरफ करवट बदलती है, और उठ कर बैठ जाती है l

इतने सारे जेवर के बक्से देखकर वह अपनी मम्मी से ठिठोली करती है -

राधिका : मम्मी पहले यह बताओ कि इतना सारा खजाना जोड़ने के लिए आपके पास पैसे कहां से आए, आप तो हमेशा से यही कहती आई हो कि पापा जी आपकी भी पेमेंट का पैसा खुद ही रखते हैं और कैसे क्या खर्च करना है वही डिसाइड करते हैं l

मम्मी : तुम्हारे पापा जी की जेब काट-काट के l

दोनों ठहाका लगाकर हंसने लगती हैं l

मम्मी हंसते हुए बोलती हैं : पापा को बस पैसे रखने का शौक है, हिसाब रखना थोड़े आता है l

दूसरे कमरे से राहुल की आवाज आती है : "यार आप लोग हल्ला करने लग गए इतने सुबह से, सोने दो ना यार l"

मम्मी व्यंग्यात्मक तरीके से बोलती हैं -

मम्मी : जी साहब! सॉरी l

दोनों मां बेटी फिर खि-खि करके धीरे से हंस देती हैं l

मम्मी ज्वेलरी के बक्से खोल एक-एक करके अलग-अलग साड़ियों पर लगा कर दिखाने लगती हैं , राधिका अपनी मां की आंखों में उसकी शादी के सपने का उत्साह साफ देख पा रही थी, थोड़ा सा उत्साह उसे भी आ जाता हैl

राधिका : मम्मी फैशन सेंस तो आपका मानना पड़ेगा यार l डिजाइन तो ज्वेलरी की एक नंबर है l जवान लड़कियों के हिसाब से भी और सदाबहार डेली यूज़ में पहनने के लिए भी l

मां भी राधिका का खिला चेहरा देखकर खुश हो जाती हैl जैसे उसने भी कल चाची के सामने राधिका का मन पढ़ लिया हो l मां सब जानती है कैसे अपने बच्चों का मनोबल बढ़ाना है l उसे तो राधिका के पैदा होते ही पता था, कि यह कठोर दुनिया उसकी ही तरह उसकी बेटी को हर-पल, हर-दिन ताने देगी, आखिर उसका ही तो रंग लेकर पैदा हुई थी राधिका l

मम्मी : चलो अब तुम ब्रश वगैरह कर लो l नहाना- धोना, नाश्ता-खाना सब जल्दी निपटा लेना आज l 12:00 बजे ब्यूटी पार्लर वाली आ जाएगी मेकअप करने और 1:30 बजे गोलू आ जाएगा l

राधिका पलंग से नीचे उतरते हुए कहती है-

राधिका : मम्मी ब्रश तक ठीक है, लेकिन पोने छ्ह बजे से हम नहाने-धोने नहीं बैठेंगे l

मम्मी : अरे इसी बात से फिर हमारा दिमाग खराब होता हैl पता नहीं नहाने के नाम से तुम लोगों को मिर्ची क्यों लगती है l

राधिका हाथ में पेस्ट और टूथब्रश लेकर मम्मी के सामने आती है , और मुस्कुराते हुए बोलती है -

राधिका : बिलकुल वैसे ही जैसे आपको एक्सरसाइज और वॉक करने कहो तो मिर्ची लगती है l दुनिया भर के डॉक्टर बोल बोल कर थक गए, लेकिन मास्टरनी जी को फुर्सत ही नहीं है दूसरों का ख्याल रखने से l

मम्मी : अरे हमारे पैरों का दर्द अब ठीक रहता है। हम पतंजलि का दिव्य ऑयल लगा लेते हैं उससे ठीक लगता है।

राधिका : देखो कोई बहाना नहीं चलेगा। जितने दिन हम यहां हैं, सुबह रोज उठकर वॉक पर जाया करेंगे और आपके पैरों की एक्सरसाइज करवाएंगे। वरना फोटोशूट कैंसिल कैंसिल कैंसिल।

यह कहकर राधिका टूथब्रश अपने मुंह में डालकर दांत घिसने लगती है। मां, बेटी को अपनी फिक्र करने का अंदाज देख कर मुस्कुराती है, पर फिर भी उलाहना देते हुए बोलती है -

मम्मी : हां बिल्कुल हम तो आज से ही तैयार हैं। तुम उठ पाओगी रोज सुबह 5:00 बजे, वॉक और एक्सरसाइज कराने। बड़ी-बड़ी बातें करा लो बस।

दोनों मां बेटी सैर-सपाटा करके घर आते हैं। राधिका आते ही आंगन में योगा मैट बिछा देती है , मम्मी को एक्सरसाइज करने का इशारा करती है।

मम्मी : जी गुरु जी।

कालिंदी अपना एक्सरसाइज चार्ट निकालकर उसमें दिए हुए सारे एक्सरसाइज बारी-बारी करने लगती है।

घड़ी में 11:45 बज चुके हैं। राधिका ड्रेसिंग टेबल के सामने चेयर पर सर ऊपर करके बाथरोब में बैठी हुई है। उसने सर पर टॉवल बांध रखा है और चेहरे पर ग्लो फेस पैक लगा रखा है। आंखों पर ककड़िया रखी हुई है और मेकअप वाली सुरभि दीदी का इंतजार कर रही है।

छोटू कमरे में एक पॉलीबैग लेकर एंटर होती है।

छोटू : दीदी चारों ब्लाउज की फिटिंग हो गई है यह साड़ियों और ज्वेलरी के पास पलंग पर ही रख रही हूं। आप मेकअप शुरू होने के पहले ट्राई कर लेना। अगर फिटिंग सही ना हो तो, मेकअप होने तक सही करा लाएंगे।

राधिका मुंह से कुछ ना बोल के हाथ से थम्सअप का इशारा देकर उसे ओके बोलती है।

राधिका अपने फोटोशूट को लेकर थोड़ा नर्वस है और थोड़ा एक्साइटिड भी। वह नर्वसनेस को हटाने के लिए कुछ गुनगुनाने लगती है।

थोड़ी देर में उसको 20-22 साल की लड़की की आवाज आती है। जो मम्मी से कह रही है

गुड़िया : सुरभि दीदी नहीं आ पाएंगे उनको बुखार है। उनकी जगह पर मैं मेकअप करने आई हूं। उन्हीं के पार्लर में काम करती हूं।

मम्मी : आपका नाम क्या है? मैंने तो आपको कभी सुरभि के पार्लर पर नहीं देखा l

गुड़िया : अरे भाभी अभी यहां पर 1 महीने पहले ही ज्वाइन किया हैl मैं इसके पहले 2 साल रूप निखार ब्यूटी पार्लर में काम करती थी l

मम्मी : अच्छा! राधिका जाओ अंदर वाले कमरे में बैठी है l उसका ही मेकअप करना है l साड़ी पहनाने के लिए पिन वगैरह भी वही रख दिए हैं l

गुड़िया : भाभी सुरभि दीदी ने सिर्फ मेकअप का बोला है, साड़ी का नहीं बताया उसका अलग से चार्ज लगेगा l

मम्मी : मेरी सुरभि से साड़ी और मेकअप दोनों की बात हुई थी l तुम मेकअप शुरू करो हम सुरभि से फोन पर बात करते हैं l

राधिका यह सब सुनकर अपनी आंखों पर रखी ककड़िया उठाकर खाती हुई वाशबेसिन की तरफ फेसपैक धोने बढ़ती है l गुड़िया ने अपना मेकअप का सामान ड्रेसिंग टेबल पर जमाना शुरू कर दीया है l

राधिका की मम्मी सुरभि ब्यूटी पार्लर वाली को फोन पर बोल रही हैं -

मम्मी : बहन जी आपकी तबीयत खराब थी तो हमें बता देते, कल का रख लेते l गुड़िया का काम हमने देखा नहीं l आप का काम सालों से देखा हुआ है, इसीलिए आपको बुलाया था और वह साड़ी का भी अलग से मांग रही है, आपने बताया नहीं क्या उसको?

सुरभि पार्लर वाली फोन पर उस तरफ से कुछ बोलती हैl

मम्मी : हां बहन जी! आप बोल दो गुड़िया को फोन करके l आप तबीयत ठीक कर लो फिर फेशियल कराने आते हैं पार्लर पर दो-तीन दिन में, बच्चियों के साथ l नमस्ते l राधिका अपना मुंह पोछते हुए , ब्लाउज का पॉलीबैग उठाती है ,

राधिका : गुड़िया जी 5 मिनट वेट कर लीजिए मैं ब्लाउज की फिटिंग ट्राई कर लूं और पहली साड़ी का ब्लाउज और पेटीकोट पहन के आती हूं l

गुड़िया : दीदी ब्लाउज और पेटीकोट के ऊपर से बाथरोब पहन लेना l

राधिका : ठीक है l

गुड़िया का फोन "सजना है मुझे सजना के लिए" गाने की रिंगटोन के साथ बजता है , सुरभि भाभी का नाम फोन पर फ्लैश कर रहा है l

गुड़िया : हां भाभी?

गुड़िया फोन अपने कान और कंधे के बीच दबा लेती है और सुरभि भाभी की बात सुनते हुए फाउंडेशन की बोतल में थोड़ा पानी मिला रही है l और धीरे से बात करने की कोशिश करती है l

गुड़िया : भाभी अब काम भी तो कितना ज्यादा है l जैसा मेकअप आपने करने कहा है उसमें फेस के साथ-साथ, गले- हाथ सब में मेकअप करना पड़ेगा कि नहीं l आज मेरे मेकअप का आधा सामान खत्म हो जाएगा परसों ही जबलपुर से नई किट मंगाई है l ऊपर से चार अलग अलग साड़ियां भी पहनानी है l पूरा दिन निकल जाएगा इसमें तो l

राधिका यह सब बाथरूम से सुन रही थी वह आकर चुपचाप चेयर पर बैठती है l

गुड़िया राधिका से थोड़ा दूर जाकर सुरभि भाभी से धीरे से बोलती है

गुड़िया : ठीक है भाभी फिर हम सिर्फ फेस का मेकअप कर देंगे और साड़ियां पहना देंगे l

गुड़िया फोन काटकर राधिका की तरफ बढ़ती है l दोनों एक दूसरे को देखकर स्माइल करती हैं l

राधिका को गुड़िया और सुरभि पर गुस्सा आता है कि - "दोनों को काम लेने से पहले समझना चाहिए कि कितना काम है l पर क्या पता मम्मी भी कम नहीं है, लाखों के जेवर खरीद लिए पर 400-500 रुपए के लिए ज्यादा चतुराई दिखा रही हों l"

राधिका : गुड़िया जी ! आप चेहरे का मेकअप करिए। अगर मुझे अच्छा लगा तो मैं हाथ गले और बैक पर भी कराऊंगी l उसका चार्ज में अलग से आपको चुपचाप दे दूंगी, ठीक है l

गुड़िया यह जानकर कि राधिका ने उसकी और सुरभि भाभी की सारी बातें सुन ली हैं थोड़ा ठिठक जाती है, वह झेंपते हुए बोलती है -

गुड़िया : दीदी आप तो मुंबई में कई सालों से हैं, आपको तो पता ही होगा कितना महंगा आता है यह सब मेकअप का सामान l

राधिका थोड़ा सीरियस फेस बनाकर गुड़िया को बोलती है

राधिका : आप मेकअप शुरू करिए l ज्यादा टाइम नहीं है l 1:30 बजे गोलू भैया आ जाएंगे l

राधिका लगातार 45 मिनट तक मेकअप कराती रहती है l गुड़िया बीच-बीच में उससे चिकनी चुपड़ी बातें करने की कोशिश करती है।

गुड़िया : आपके फीचर्स बहुत अच्छे हैं दीदी l मेकअप के बाद आप एकदम गोरी हीरोइन जैसी लगेगी l

राधिका मेकअप होने के बाद अपने आपको आईने में देखती है वही हुआ जिसका उसको डर था l उसके लाख टोकने के बाद भी इस गांव की गंवार ब्यूटी

पार्लर वाली ने उस को गोरे की जगह बैंगनी बना दिया था l उसको समझ नहीं आता कि आखिर उसने यह होने क्यों दिया, क्या वह खुद भी गोरा मेकअप कराने के लालच में आ गई थी ? गुड़िया उसे बाथरोब निकालने कहती है l राधिका बाथरोब निकालती है l वह आईने के सामने चुपचाप ब्लाउज और पेटीकोट में खड़ी है और खुद के चेहरे को एकटक देखे जा रही है l गुड़िया उसे साड़ी पहनाने लगती है l राधिका को कुछ समझ में नहीं आ रहा है उसको वह किसी बैंगनी सर वाले एलियन जैसी लग रही है, जो पता नहीं क्यों गुलाबी कलर की साड़ी पहने हैं और लंबे काले बाल रखे हैं l राधिका का मन कर रहा है गुड़िया के बाल पकड़कर उसके ही मेकअप किट में दे मारे, जिसमें सिर्फ फेयर स्किन के मेकअप प्रोडक्ट्स रखे हुए हैं l गुड़िया नौसिखिया थी उसको यह पता ही नहीं था कि डार्क स्किन पर फेयर स्किन के प्रोडक्ट लगाएंगे तो डार्क स्किन पर्पल दिखने लग जाएगी l

ईशु कमरे में आती है l वह अपने फोन में देखते हुए बोलती है -

ईशु : राधिका दीदी हो गई आप रेडी ? गोलू भैया आ गए हैं वह अपना सेटअप लगा रहे हैं l आ जाओ जल्दी नीचे l

अपनी बहन की आवाज सुनकर राधिका अपने दिमाग में गुड़िया का मर्डर बीच में ही छोड़कर, ईशु की तरफ घूमती है l ईशु राधिका का चेहरा देखकर कुछ कह पाती, राहुल अपना चार्जर ढूंढते हुए इस कमरे में आता है l

राहुल : यार मेरा चार्जर .....(उसकी नजर राधिका के चेहरे पर पड़ती है, और वह 1 सेकंड चुप रहकर अचानक से हंसने लगता है) हा हा हा हा हा हा हा हा हा l

ईशु भी अपनी हंसी नहीं रोक पाती है l राधिका की आंखों में आंसू आ जाते हैं l वह चेयर की गद्दी को उठाकर राहुल पर दे मारती है l और चेयर पर बैठ जाती है l

राधिका : हमें नहीं कराना कोई फोटोशूट साड़ी में l

गुड़िया : अरे दीदी क्या हुआ ? भैया तो ऐसे ही मजाक उड़ा रहे हैं l

राहुल हंसते हंसते अपने फोन से राधिका के चेहरे की फोटो लेता है , और उसको चिढ़ाते हुए बोलता है -

राहुल : कसम से दीदी बैंगनी मुंह की बदरिया लग रही हो एकदम ... हा हा हा हा हा l

हंसते हुए राहुल कमरे से बाहर जाता है मम्मी को फोटो दिखाने l

गुड़िया : मेकअप सेट होने में थोड़ा टाइम लगता है l मैं 5 मिनट में हाथ- गले का का मेकअप और कर देती हूं l मेकअप पूरा तो होने....

गुड़िया अपनी दलील पूरी कर पाती इससे पहले राधिका का पारा सातवें आसमान पर पहुंच चुका था l वह जोर से उसको थप्पड़ जड़ देना चाहती थी, पर

धीमी आवाज में अपना फोन देखते हुए सिर्फ इतना बोलती है -

राधिका : गुड़िया जी मुझे आपका मेकअप पसंद नहीं आया आप अपना सामान उठाइए और जाइए यहां से l

गुड़िया : अरे दीदी ......

ईशु : दीदी सही कह रही हैं, आप पहली बार मेकअप कर रही हो क्या ? इससे अच्छा मेकअप तो मैं कर लेती हूं l आपको तो प्रोफेशनल की तरह बुलाया था आपको अगर नहीं आता था डार्क स्किन का मेकअप करते तो आपको पहले मना कर देना था l हमारे पैसे और वक्त बर्बाद करने की क्या जरूरत थी l

गुड़िया अपनी बेइज्जती होता देख बड़बड़ाते हुए अपना सामान पैक करने लगती है l

गुड़िया : मां को लड़की का गोरा मेकअप कराना है और गोरा मेकअप कर दो तो लड़कियों को प्रॉब्लम है l गोरा मेकअप कराना है वह भी शादी वाले लड़कों को धोखा देने के लिए l पर नौसिखिया मैं हूं! मुझे काम नहीं आता वाह भाई वाह l

राधिका को और तकलीफ होती है, उसके गालों पर आंसू झलक जाते हैं l यह देखकर ईशु से रहा नहीं जाता , वह गुस्से से गुड़िया के तरफ बढ़ती है -

ईशु : देखो तुम्हारा बहुत हो गया, निकल रही हो यहां से कि धक्के मार कर निकाले l सुरभि आंटी को अभी वीडियो कॉल करके तुम्हारे मेकअप और जीभ दोनों का टैलेंट बताएं ? उसके बाद तुम्हारी जॉब तो कतई नहीं रहेगी l पेपर में तुम्हारा नाम और फोटो छपवा देंगे कोई नौकरी नहीं देगा फिर l

गुड़िया थोड़ा सकपका जाती है l चुपचाप अपनी किट उठाती है और निकल जाती है l

ईशु : और दीदी आप रोने क्यों लग गए? आपने कुछ सुनाया क्यों नहीं ? ऐसे तो आपने कितनों की हवा टाइट की है ? चलो आप वेट वाइप से यह मेकअप पोछ लो हम आपका मेकअप करते हैं नेचुरल वाला l

राधिका : यार वह कुछ गलत नहीं बोल रही थी मम्मी-चाची कल से मेरी गोरी फोटोस निकलवाने के पीछे पड़ी है l और मेकअप वाली को भी उन लोगों ने ही बोला था l

ईशु : मम्मी-चाची दोनों की मेंटालिटी आपको पता है l और गोरा करने वाला मेकअप भी ढंग का किया जाता है, उसको मेकअप आता ही नहीं था l हमने भी जब पहली बार मेकअप ट्राई किया था तो गलत प्रोडक्ट के कारण हमारा चेहरा भी बैंगनी हो गया था l पता ही नहीं था अलग-अलग स्किन कलर के लिए अलग-अलग सही प्रोडक्ट होते हैं l जैसे अभी इस गवार पार्लर वाली को नहीं पता l पर

आप को तो सब पता है आप मुंबई में रहती हो।

ईशु : वेट वाइप लेकर राधिका का मेकअप हटाने लगती है। मम्मी टेंशन में और राहुल हंसते हुए कमरे में एंटर करते हैं। राधिका फटाफट अपने आंसू पोछ लेती है।

मम्मी : यह कैसा मेकअप कर दिया था गुड़िया ने ?

ईशु : अरे मम्मी आप चिंता मत करो हम कर रहे हैं दीदी का मेकअप ठीक से।

राहुल : वह काले मुंह की बंदरिया को, गोरे मुंह की बंदरिया बनाने के चक्कर में, बैंगनी मुंह की बंदरिया बना गई थी। और अब गोलू मदारी इस बंदरिया को नचाएगा हा हा हा हा हा।

राधिका : राहुल कुत्ते ! तुम अब जूते खाओगे। तुम्हारा गोवा ट्रिप का खर्चा पानी हम नहीं देने वाले अब। जाओ जिस से लेना है उस से ले लो।

राहुल : अरे दीदी ऐसा मत करो यार। आप एक बार अपनी फोटो तो देखो...

इस बार राधिका को भी अपनी फोटो देखकर हंसी आ जाती है। वह राहुल का कान पकड़ के , उसकी पीठ पर चार-पांच चाटे जड़ देती है।

मम्मी : अरे तुम लोग हा हा ठी ठी बाद में कर लेना अभी फटाफट रीना का मेकअप करो, वह गोलू वेट कर रहा है जब से।

ईशु : मम्मी उसको बोल दो आधा घंटे वेट कर ले।

मम्मी : हां ठीक है। रीना ! पापा जी ने बहुत सुंदर गमले रखवा के अच्छा सेटअप बनवाया है फोटोशूट के लिए आंगन में। फटाफट आ जाओ तुम लोग नीचे। पापा जब से चाय चाय कर रहे हैं, हम चाय बनाते हैं।

ईशु राधिका को रेडी करके नीचे लाती है। राधिका देखती है उसके मम्मी पापा के चेहरे के भाव बदल जाते हैं , वह लोग जैसे उसमें दुल्हन देख रहे हो। गोलू एकदम कैमरा लेकर रेडी हो जाता है।

मम्मी: अहा ! ईशु तुमने तो कमाल कर दिया, सादा मेकअप किया है पर बहुत सुंदर किया है।

पापा : तुम्हारी मम्मी को देखने जब हम गए थे, तो उन्होंने भी गुलाबी साड़ी पहनी थी। उस टाइम पर तो ज्यादा मेकअप वगैरह कुछ होता नहीं था लेकिन हां काजल और छोटी सी बिंदी में बिल्कुल तुम्हारी तरह ही दिख रही थी।

छोटू : गोलू भाई साहब , दीदी मुंबई से हैं, अच्छी फोटो खींचना वरना आपको भी भगा देगी जैसे मेकअप वाली को भगा दिया।

गोलू फोटोग्राफर थोड़ा नर्वस होते हुए

गोलू : अरे दीदी, आप फोटोस देखना बस l आप भी अपनी शादी का फोटो शूट हम से ही कराओगी l

राधिका अपने परिवार के इस प्यार से फिर अपने वजूद के घमंड में आ जाती है l वह आत्मविश्वास से भर कर गमलों से सजे फोटोशूट सेट के बीच में जाकर खड़ी हो जाती है l

जहां वह खुद एक फूल की तरह मुस्कुराने लगती है l

पापा, ईशु और राहुल भी अपने फोन से उसकी फोटोस लेने लगते हैं l

गोलू : दीदी आप मुंबई में मॉडलिंग करती हैं क्या, आप पोज बिल्कुल मॉडल्स जैसे दे रही हैं l

राधिका : नहीं भाई साहब अभी तक तो इंजीनियर ही हैं l

जैसे तैसे 3:00 बजे फोटोशूट खत्म होता है l राधिका की मां गोलू को साइड में ले जाकर पैसे देती है l और धीरे से बोलती है, जैसा फोन पर बताया था वैसे ही एडिटिंग करना वरना बाकी पैसे नहीं देंगे l

राहुल यह सब सुनता है , और मम्मी के पास आगे बढ़कर पूछता है -

राहुल : कैसी एडिटिंग मम्मी ? रीना दीदी को बताएं कि उनकी फोटो गोरी करवाने के लिए आप पैसे दे रही हो? उनका मेकअप कांड पर वैसे ही दिमाग खराब है , बोलो बता दूं अंदर जाके ?

राधिका की मां राहुल को आंखें दिखा कर चुप रहने का इशारा करती है l

राहुल : देखो मम्मी चुप रहने के 200 रुपए लगेंगे l

लाड में आकर हंसते हुए राहुल मम्मी से उनका पर्स छीन लेता है l

मम्मी भी हंसते हुए चिल्लाती हैं : 200 से ज्यादा निकाले ना तो हड्डी पसली एक कर देंगे l

रात के 11:00 बज रहे हैं

राधिका अपने फोन में आज के फोटोशूट की फोटोस स्क्रॉल कर रही है l पापा हॉल में न्यूज़ देख रहे हैं l

राहुल, ईशु, छोटू ऊपर वाले कमरे में शायद पत्ते खेल रहे हैं l मम्मी राधिका के बाजू में पूरे दिन के काम के बाद थक के खर्राटे ले रही हैं l राहुल ने राधिका को वह बैंगनी मेकअप वाली फोटो व्हाट्सएप की है, राधिका के चेहरे पर एक स्माइल आ जाती है l पर यह स्माइल तुरंत एक दया वाले भाव में बदल जाती है , उसको इस बैंगनी मुंह वाली बंदरिया पर बेहद तरस आता है l उसे अभी भी नहीं समझ आ रहा था कि वह खुद की गोरे होने की तृष्णा में बैंगनी मुंह की बंदरिया बन बैठी थी या अपनों का मन रखने के लिए ?

3

वैसे यह अर्जुन कौन है ?

अर्जुन, राधिका का हाथ पकड़कर मरोड़ देता है, राधिका उससे अपना हाथ छुड़ाकर उसे धक्का देकर छत की दूसरी ओर भागने लगती है l

अर्जुन जोर से चिल्लाता है : राधिकाsss रुक....

अचानक राधिका को किसी भारी चीज के जमीन से टकराने की आवाज आती है l राधिका पीछे पलट कर देखती है उसे अर्जुन कहीं दिखाई नहीं देता है l

वह भाग कर छत की मुंडेर की तरफ वापस आती है , नीचे का नजारा देखकर उसकी सांस हलक में ही अटक जाती है ....

छत की सीढ़ियों से नीचे की तरफ दौड़ते हुए

राधिका जोर से चिल्लाती है : अर्जुनssss

राधिका के सिर से अचानक कोई बड़ी दीवार जैसी चीज टकराती है और वह धड़ाम से नीचे जमीन पर गिर जाती है l

जब वह आंखें खोलती है तो उसकी मां जमीन पर पलंग के बाजू में बैठी है, और राधिका का सिर गोद में रखी है,

कालिंदी : बेटा क्या हुआ? क्या हुआ बेटा?

राधिका हांफते और कराहते हुए

राधिका : मम्मी ! सी...सी...सीढ़ियां... आह... अर्ज..

राहुल और ईशु मम्मी के कमरे में ऐंटर कर लाइट जलाते हैं, राधिका को नीचे जमीन पर मम्मी की गोद में लेटा देख दोनों घबरा के उनके पास आ जाते हैं

राहुल : दीदी... क्या हो गया दीदी को ? क्या गिरने की आवाज आई इतनी जोर से ?

कालिंदी : पता नहीं ! लगता कुछ बुरा सपना देखा, अचानक से चिल्ला के उठ कर भागने लग गई l और दीवार से टकरा गई l

राधिका अपना सर पकड़े हुए है l

ईशु : हम बर्फ और पानी लेकर आते हैं l

इतने में हरिवंश और छोटू भी अंदर आ जाते हैं , सब मिलकर राधिका को पलंग पर बिठा देते हैं l

हरिवंश : चोट दिखाओ ?

मुआयना करने के बाद -

हरिवंश : अरे मामूली चोट है बर्फ लगा लो ठीक हो जाएगा सुबह तक l घोड़ा कूदा है कुछ नहीं l छोटू जाओ हमारे मेडिसिंस के डब्बे में से एक पेन किलर ले आओ l

राधिका के चेहरे पर छोटी सी मुस्कुराहट आ जाती है l

सब सोने चले जाते हैं राधिका घड़ी देखती रात के 2:30 बज रहे हैं l वह अभी भी सपने के सदमे से बाहर नहीं निकली थी l मन ही मन भगवान से प्रार्थना करती है कि - भगवान बस अर्जुन सही सलामत हो l

दवा के असर से पता नहीं कब उसकी नींद लग जाती है l

सुबह राधिका लेट उठती है l पूजा घर से कालिंदी की घंटी बजाते हुए आरती गाने की आवाज आती है l

राधिका धीरे से उठकर पूजा घर की ओर बढ़ती है l उसकी मां पता नहीं आज भगवान के साथ-साथ एक बड़े से लिफाफे की भी पूजा कर रही है l

राधिका : मम्मी आप वाक और एक्सरसाइज पे गई थी आज?

कालिंदी : मुस्कुरा कर आरती कंटिन्यू गाते हुए राधिका को डिस्टर्ब ना करने का इशारा करती है l

राधिका : अपना ख्याल रखने के मामले में आप से बड़ा कामचोर मैंने कभी नहीं देखा l

बोलते हुए वह पूजा घर से बाहर आ जाती है l

सब लोग नाश्ता कर रहे हैं l कालिंदी आरती लेकर सबको आरती देने आती है और बोलती है

कालिंदी : चाची जी ने आज खाने पर बुलाया है तो सब लोग टाइम पर तैयार हो जाना l

राधिका : मम्मी सर दुख रहा है हम आज आराम करेंगे कभी और चले जाएंगे l आप लोग जाओ l

हरिवंश : टेबलेट टेबल पर रखी है बेटा ले लेना सुबह शाम आज भी l

छोटू : मैं भी नहीं चल पाऊंगी मेरा एक का ऑनलाइन जॉब इंटरव्यू है l

कालिंदी : ठीक है! तुम लोगों के तो हमेशा से ही नाटक हैं कहीं रिश्तेदारों के यहां जाने बोलो तो l

दोपहर का 1:00 बज रहा है l

घर में काफी सन्नाटा है l राधिका और छोटू दोनों आपस में बतिया रहे हैं l छोटू गोद में लैपटॉप लिए हुए हैं और

राधिका : कब है तुम्हारा इंटरव्यू ?

छोटू : 5:00 बजे .... l पर हम बहाना बना कर रुक गए l

राधिका : क्यों ?

छोटू : अरे आज यह लोग कोई मसालेदार चुगली नहीं करेंगे l आज आपकी शादी पर चर्चा होने वाली है l वह लिफाफा देखा था मम्मी के हाथ में , उसमें आपकी कुंडली, फोटोस और बायोडाटा था l

राधिका : बायोडाटा कहां से आया उनके पास ?

मुझसे बनवाया l 2 दिन से जिद कर रही थी मम्मी तो, मैंने अपने वाले बायोडाटा में नाम , क्वालीफिकेशंस और जॉब का वर्क एक्सपीरियंस चेंज करके दे दिया l

राधिका : स्मार्ट मूव l मोगेंबो खुश हुआ कि नहीं ?

छोटू : हां पापा जी ने भी पढ़ा उन्हें भी अच्छा लगा l

छोटू : वैसे यह अर्जुन कौन है दीदी ?

छोटू का सवाल सुनकर राधिका का काटो तो खून नहीं वाला हाल था l

अपने आपको कुछ संभालते हुए वह बोलती है

राधिका : कौन अर्जुन ?

छोटू : वाह वाह वाह कौन अर्जुन ? वही अर्जुन जिसका नाम लेकर कल आप सपने में दौड़ लगा रही थी l

देखो सब सच बता दो इससे पहले कि हमें ब्लैकमेल करें l जब से आई हो, पता नहीं किसका कॉल काटती रहती हो और फोन पर पता नहीं किस की फोटोस स्क्रोल करती रहती हो l और तो और इस बार फोन पर पासवर्ड भी लगा रखा है फोटोस पर भी l

राधिका भूल गई थी कि उसके घर में एक जेम्स बांड भी रहती है l उसका भांडा फूट चुका था l राधिका को अब समझ आ रहा था, छोटू मसालेदार गॉसिप "अर्जुनपुराण" सुनने के चक्कर में चाची जी के यहां नहीं गई है l

राधिका : यार तुमने सुना था तो मम्मी ने भी सुना होगा फिर l

छोटू : नहीं सुना l या भूल गई है वह l उन्हें सिर्फ याद है कि आप चिल्ला कर भागी थी l मैं ही जाग रही थी इंटरव्यू की प्रिपरेशन के लिए बाकी सब सो रहे थे l

छोटू इतराते हुए पूछती है -

छोटू : अरे अब बोलो भी क्या सोच रही हो l

राधिका : कुछ नहीं ऐसे ही, एक दोस्त है l मैंने 2 महीने पहले तुम को बताया था ना, कि 2 लड़कों को मैंने अपने टैक्सी में लिफ्ट दी थी 31 दिसंबर को l डर लग रहा था तो उनमें से एक का नंबर अपनी बेस्ट फ्रेंड सोनल को शेयर कर दिया था ताकि मैं घर पर अगर 9:00 बजे तक सेफ ना पहुंची, तो इन लड़कों की लोकेशन ट्रक हो सके l कुछ दिन बाद अर्जुन ने फेसबुक पर फ्रेंड रिक्वेस्ट भेजी l बस वहीं से फ्रेंड्स बंन गए l

छोटू : सिर्फ फ्रेंड या हमारे जीजा जी भी ? चलो फोटो दिखाओ ? जीजा जी बनने लायक हैं या नहीं यह हम डिसाइड करेंगे l

राधिका : कोई फोटो नहीं है हमारे पास l तुमने पूछा हमने बता दिया l अब ज्यादा जेम्स बांड मत बनो अपने इंटरव्यू की तैयारी करो l

यह कहकर राधिका उठकर हॉल से दूसरे रूम में जाने लगती है l छोटू उछलकर अपना लैपटॉप साइड में रख के कमरे के दरवाजे और राधिका के बीच में जाकर खड़ी हो जाती है l

छोटू : सोच लो फिर मैं, ईशु और राहुल को भी बता दूंगी फिर हम तीनों घेरा लगाकर पूछेंगे और ज्यादा हुआ तो मम्मी की मदद भी ली जा सकती है l चॉइस आपकी है l

राधिका को पता था, बिना छोटू को सब बताएं वह चैन से नहीं बैठ पाएगी l हार मान कर वह हाल में वापस सोफे पर बैठ जाती है l छोटू अपनी जीत पर इतराते हुए ठुमक ठुमक कर उसके पीछे-पीछे चलती है l राधिका फोन पर अर्जुन के फोटोस खोलती है और छोटू के हाथ में पकड़ा देती है l

छोटू : बाय गॉड दीदी ! रणबीर कपूर पटा लिया तुमने तो l हमको जीजाजी कबूल है l

राधिका : बकवास मत करो l छोटू तुम किसी को कुछ भी नहीं बताओगी प्लीज l मैंने वैसे भी इसको हर जगह से ब्लॉक कर दिया है l मैं ना तो फिर से कभी उससे

बात करने वाली हूं ना तो मिलने वाली हूं l

छोटू : हां ठीक है l नंबर है ना आपके पास इसका l मुझे दे दो l मैं इसको आपका जीजा जी बना दूंगी l

राधिका अपना फोन उससे छीन लेती है और मुंह चिढ़ाते हुए बोलती है

राधिका : बड़ी आई मेरा जीजाजी बनाने वाली l

और अंदर वाले कमरे में जाकर पलंग पर बैठ जाती है l

छोटू ऐसे पीछा नहीं छोड़ने वाली थी l वह राधिका के पीछे पीछे "प्यार हुआ इकरार हुआ है प्यार से फिर क्यों डरता है दिल" गाना गाते हुए उसके पास आकर बैठ जाती है l

छोटू : दीदी डिटेल्स तो बताओ फेसबुक रिक्वेस्ट के बाद पहली बार कैसे मिले? यह फोटोस में कौन-कौन से पब्स और रेस्टोरेंट्स घूम रहे थे ? और इस पहले प्यार के पहले गम का कारण क्या है ?

छोटू की हरकतें देखकर राधिका की हंसी छूट जाती है l

राधिका : पापी औरत, कुलटा-कमीनी, तुम नहीं मानोगी है ना ?

छोटू : जब आपको पता है, तो क्यों मेरा और आपका टाइम वेस्ट कर रही हो ? फटाफट बताओ l

राधिका अपनी हार मान कर आंखें गोल घुमाते हुए बोलना शुरू करती है

राधिका : फेसबुक रिक्वेस्ट एक्सेप्ट करने के बाद उसने मेरे पार्टी करते हुए फोटोस देखे और बोला अपने फ्रेंड्स को लेकर कभी ब्लू-फ्रॉग डिस्क जाऊं वहां पर वह मैनेजर को जानता है, अच्छा डिस्काउंट दिलवा सकता है l मैं वहां अपने फ्रेंड्स के साथ गई तो पता चला कि वह खुद मैनेजर है l उसने डिस्काउंट तो दिलवाया ही साथ में मेरे फ्रेंड्स के साथ भी काफी घुलमिल गया था l कृतिका और शिखा ने तो उसको डांस करने के लिए भी पूछा l पर उसने बहुत ही पोलाइटली उन्हें मना किया और मेरे तरफ देखते हुए बोला कि "I am on duty." मैंने चुपचाप अपनी आंखें अपने फोन में गड़ा ली थी l

उसने दूसरे दिन फेसबुक पर नंबर मांगा l मुझे उससे बात करने का मन तो था, 2 दिन बाद मैंने अपना नंबर उसे दे दिया l

फिर हम दोनों की बातें शुरू हुई l बातें करके लगा कि वह नुकसान पहुंचाने वाला इंसान नहीं था l धीरे-धीरे हम करीब-करीब हर हफ्ते मिलने लगे और आधे से ज्यादा टाइम हम सिर्फ हंसते रहते थे l वह मुंबई में पला-बड़ा था, तो मुझे उसके लोकल-ट्रेंस, कबूतरों के घोंसलो जैसे फ्लैट्स के किस्से मजेदार लगते थे और उसको मेरे वाले शक्तिमान, खेत, बगीचे के किस्से बहुत इंटरेस्टिंग लगते थे

l

छोटू को समझ में आ गया था कि मसालेदार "अर्जुनपुराण" शुरू हो चुका है, वह पलंग के सिरहाने साइड पीठ के पीछे तकिया लगाकर आधा लेट जाती है और विष्णु जी का पोज़ बनाकर बड़े ध्यान से पूछती है-

छोटू : फिर क्या हुआ ?

राधिका : एक दिन अचानक उसके कुछ फ्रेंड्स हमें कैफे में टकराए, अर्जुन ने मजाक में मुझे उन सब से अपनी गर्लफ्रेंड बता के इंट्रोड्यूस किया l मैंने भी मजे मजे में सबको हेलो बोल दिया l पर उनमें से कुछ लोग मुझे बहुत ही अजीब तरीके से घूर रहे थे l जैसे कह रहे हो इस लड़की में अर्जुन ने क्या देखा l मैंने तुरंत अपने अंदर के तूफान को छुपा कर, उन लोगों को हंसते हुए बोल दिया कि "We are just friends, nothing more!"

छोटू : दीदी आप पागल हो क्या? इतना क्यूट लड़का फ्लर्ट करने की कोशिश कर रहा था वह भी अपने फ्रेंड्स के सामने l

राधिका : छोटू तुम्हें सुननी है या नहीं सुननी है पूरी बात ?

तुम मेरी जगह होती तो तुम भी शायद ऐसा ही करती जैसा मैंने किया l

छोटू : हां हां सुननी है l फिर क्या हुआ ?

राधिका : उसकी एक फ्रेंड अंकिता बोली "अच्छा हुआ तुमने क्लियर कर दिया वरना कॉलेज की सारी लड़कियों का दिल टूट जाता l" हम दोनों ने हंसकर उन सबको बाय बोला और वहां से निकल गए l पर मेरे अंदर वह तूफान शांत नहीं हुआ था l मेरा मन अपना रंग बर्तन मांजने वाले स्क्रबर से तब तक घिसने का कर रहा था जब तक कि यह रंग छूट ना जाए या अर्जुन पर अपना रंग लगा देने का मन कर रहा था l वह पता नहीं क्या बातें कर रहा था l शायद उसको समझ आ गया था कि मैं कुछ नहीं सुन रही हूं , वह एक जगह पर रुक गया और मैं आगे चलती चली गई l

छोटू हंसने लगती है : दीदी आप बहुत फिल्मी हो यार l हां फिर ?

राधिका : अर्जुन दौड़कर आया और मेरे सामने आकर पूछता है "मैडम किधर खोई हुई हो, जब से देख रहा हूं तुम मेरी बातों का कोई जवाब ही नहीं दे रही ?" मैंने उससे आंखें चुरा कर टालने की कोशिश करते हुए कहा कि मैं लेट हो गई हूं l और एक ऑटो की तरफ बढ़ने लग गई l उसने पहली बार मेरा हाथ इतने जोर से पकड़ा और बोला

" 2 मिनट रुको राधिका ! मुझे नहीं पता था कि तुम्हें मजाक में भी मेरी गर्लफ्रेंड बनने से इतनी प्रॉब्लम है l तुम गर्लफ्रेंड वाले मजाक से गुस्सा होना ? see I'm really sorry. I would never repeat this again but now before you go please smile ."

छोटू : भाई साहब इतने हैंडसम लड़के भी इतने प्यारे होते हैं दीदी ? फिर आपने उसको गले लगाया कि नहीं ?

राधिका : नहीं l पर उसके भोलेपन ने मेरे अंदर का तूफान शांत कर दिया था lमैं उसकी आंखों में मुझे खोने का डर साफ देख पा रही थी l मैंने मुस्कुरा कर उसे बाय बोला l

रास्ते भर कभी अपने रंग को कोसती कभी अपनी किस्मत को l उसके बाद पूरे हफ्ते मैंने अर्जुन से बहुत कम बात की l

छोटू : दीदी आपको पाप पड़ेगा l बेचारा l

राधिका : यार तुम मेरी बहन हो या अर्जुन की ?

छोटू : नहीं हम अर्जुन की बहन नहीं है(हंसते हुए पलंग से उठती है) l 2 मिनट में सूसू करके आती हूं l पर आप कहीं जाना मत l

राधिका फिर अर्जुन और उसकी व्हाट्सएप चैट देखने लगती है l छोटू फटाफट वापस अपनी जगह पर आकर बैठती है l और पूछती है -

छोटू : आपने अपने ऐसे बर्ताव के लिए सॉरी बोला कि नहीं ?

राधिका : शायद बोल देती अगर वह कुछ दिन का टाइम देता l लेकिन संडे आर्ट गैलरी देखने जाने के प्लान पर अर्जुन अड़ गया l उसके बहुत मनाने पर मैं उसके साथ गई l पर मेरा ध्यान आर्ट गैलरी के बड़े-बड़े कैनवास पर था ही नहीं l मुझे लोगों की आंखों के कैनवास में मुझे और अर्जुन को साथ देख कर सिर्फ घिन के बहुत गहरे रंग उभरते दिखाई दे रहे थे l छोटू मुझे उसके बाद कुछ समझ नहीं आया मैंने 15-20 दिन की लीव डाली और भागकर यहां आ गई l

छोटू : दीदी आप नरक की आग में जलोगी l लेकिन आप उससे बात क्यों नहीं कर रही हो फोन पर l हर जगह उसको ब्लॉक क्यों कर दिया है आपने ? इन सारी चीजों में उसकी क्या गलती है ?

राधिका : पता है उसकी कोई गलती नहीं है l पर मेरी क्या गलती है जो लोग मुझे ऐसा फील करवाते हैं ? अगर वह सच में मुझसे प्यार करता भी है और शादी भी करना चाहता है तो भी मैं पूरी लाइफ भर कोसी जाऊंगी l लोग मुझे उसके साथ देख कर हमेशा इस तरह का मुंह बनाएंगे कि आखिर इस लड़के ने क्या पाप किए थे जो उसको यह लड़की मिली l अर्जुन बहुत सुंदर लड़की डिसर्व करता है l

छोटू : दीदी आपकी बात मैं समझती हूं l पर आप कब तक भागोगी l अपने आप को एक चांस दो l

राधिका : मैं सोचूंगी l

यह बोलते हुए वह उठ जाती है और कहती कि...

राधिका: मैं नहा कर आती हूं फिर खाना खाते हैं l

छोटू : गीजर का प्लग अच्छे से लगाना उसमें कल स्पार्क हो रहा था l

राधिका : हां ठीक है l

4

चाय-समोसा प्रोग्राम 1,2,3.....

चाय समोसा प्रोग्राम 1

हरिवंश जी के पूरे घर में समोसे , कचोरी और अदरक वाली चाय की खुशबू फैली हुई है l राधिका को छोड़कर उनके तीनों बच्चे घर को करीने से सजाने में लगे हुए हैं l कालिंदी और राधिका की चाची किचन संभाले हुए हैं l राधिका सलवार कमीज प्रेस कर रही है ऊपर वाले कमरे में l उसको इतनी घबराहट पहले कभी नहीं हुई l उसकी चाची के बताए हुए रिश्तो में से एक लड़के वाले उसको देखने आ रहे हैं l परिवार जबलपुर से है पर लड़का भी उसकी तरह मुंबई में जॉब करता है l

छोटू कमरे में आती है और राधिका से पूछती है

छोटू : दीदी आपने हॉल के नए कारपेट, सोफा कवर और परदों का सेट देखा जो परसों लाए थे बाजार से ?

राधिका : वो कार की डिग्गी में ही पड़े होंगे l 2 दिन से घर में तो नहीं दिखे lछोटू बहुत डर लग रहा है l जब चाय देने हॉल में जाऊंगी तो तुम मेरे साथ चलना प्लीज l

छोटू : अर्जुन को छोड़कर ऐसे गधे से लड़के को एंटरटेन कर क्यों रही हो l उसका पैकेज भी आप से कम है और हाइट भी कुछ खास नहीं है l

राधिका : शशश ! सब में फैला दोगी क्या? हमने सोच लिया है, अर्जुन अपनी कास्ट का नहीं है, हम मम्मी पापा की पसंद से अपने कास्ट के किसी एवरेज लुकिंग या डार्क स्किन वाले लड़के से ही शादी करेंगे l ताकि लोग मुझे जिंदगी भर कोसे ना l

प्रेस को पलंग के नीचे सब की पहुंच से दूर सरका कर राधिका पिस्ता रंग की कमीज- दुपट्टा हैंगर पर टांग देती है और नहाने जाने लगती है l उसकी मां हाथ में छोटी सी कटोरी में कुछ लेकर कमरे में आती है l

कालिंदी : बेटा लो यह हल्दी-बेसन-दही से नहा लो कलर अच्छा साफ दिखेगा l

राधिका बिना कुछ बोले हाथ से कटोरी लेकर बाथरूम में चली जाती है l पूरे घर में इतना शोर हो रखा है फिर भी उसे अपने दिल की धड़कन साफ सुनाई दे रही है l जैसे आज उसके जीवन की पहली अग्नि परीक्षा है l

सुबह 11:00 बजे

सक्सेना जी और उनकी श्रीमती अपने बेटे के साथ हॉल में सोफे पर बैठे हुए हैं श्रीवास्तव जी अभिषेक से उसके जॉब के बारे में पूछ रहे हैं l कचोरी-समोसे टेबल पर सजा दिए गए हैं l

कालिंदी और मीना (राधिका की चाची) दोनों किचन में राधिका को जवाब और सवालों का रिवीजन करा रही हैं , राधिका हां में मुंडी हिला रही है l तभी राहुल किचन में आता है -

राहुल : चलो दीदी पापा जी बुला रहे l

राधिका हाथ में चाय की ट्रे उठाकर हॉल की तरफ बढ़ने लगती है, छोटू भी उसके साथ में बाजू में चलने लगती है l

उसकी चाची झटपट छोटू का हाथ पकड़ वापस किचन के अंदर खींच लेती है l राधिका एक सेकंड में उद्देश्य समझ जाती है कि उसकी चाची ने ऐसा क्यों किया l छोटू का रंग गेहुआ गोरा है, उसका रंग उसके पापा पर गया है l इसीलिए उसे लड़के वालों से छुपाया जा रहा है l

जैसे ही राधिका हॉल में एंट्री करती है उसके पापा जी उसका परिचय सक्सेना जी के परिवार से कराते हुए बोलते हैं :

हरिवंश : यह हमारी बड़ी बच्ची है राधिका मुंबई में पीएसएस में सॉफ्टवेयर इंजीनियर है l

राधिका : नमस्ते अंकल, नमस्ते आंटी, नमस्ते l

सक्सेना जी : नमस्ते बेटा l

अभिषेक के चेहरे पर अभी तक जो मुस्कुराहट थी वह फीकी पड़ जाती है वह बहुत धीमे से बोलता है

अभिषेक : नमस्ते...

श्रीमती सक्सेना ने राधिका को देख कर चाय की चुस्की आधी ही छोड़ देती है और कप टेबल पर रखते हुए चोर निगाहों से सक्सेना जी और अपने बेटे की तरफ

देखती है l फिर राधिका की तरफ उसके नमस्ते का रूखे और धीमे स्वर में जवाब देती है -

श्रीमती सक्सेना : नमस्ते बेटा नमस्ते l

यह देखकर हरिवंश माहौल को थोड़ा संभालते हुए बोलते हैं :

हरिवंश : आओ बेटा बैठो l मैंने आपको राधिका की जॉब, क्वालीफिकेशंस और एजुकेशन के बारे में तो बता ही दिया है l आप लोग जो और भी बातें बिटिया से करना चाहते हैं वह कर लीजिए l

राधिका की मम्मी चेयर पर आकर बैठ जाती है l

श्रीमती सक्सेना : बहन जी बाथरूम किस तरफ है ?

कालिंदी : जी बहन जी आइए आइए इस तरफ l

सक्सेना जी : भाई साहब अब हम लोगों को क्या पूछना अभिषेक और राधिका दोनों आपस में बात कर लेंगे l आइए अपनी बातचीत हम बाहर कर लेते हैं l

अभिषेक अभी भी नीचे सर किए हुए फोन में कुछ स्क्रॉल कर रहा है l किचन के दरवाजे से राधिका की चाची उसको हाथ से टेबल की तरफ इशारा करती है

राधिका धीरे से समोसे की प्लेट अभिषेक की तरफ सरकाते हुए बोलती है

राधिका : अभिषेक जी समोसे ?

अभिषेक औपचारिकता के साथ मुस्कुरा कर अपना पेट थोड़ा सा अंदर करते हुए बोलता है :

अभिषेक : जी बस शुक्रिया l आजकल थोड़ा डाइट पर हूं l आईटी जॉब मैं फिजिकल एक्टिविटी तो ज्यादा हो नहीं पाती है तो सोचा थोड़ा....

राधिका भी उसकी इस हरकत को देख कर थोड़ा मुस्कुरा देती है l

राधिका : सही बात है हमारे प्रोफेशन में सभी का यही हाल है l आप का ऑफिस मुंबई में किधर है ?

अभिषेक : थाने और आपका ?

राधिका : पवई l

अभिषेक : आप अपनी फोटोस से काफी डिफरेंट दिखती हैं l

राधिका : जी?हो सकता है साड़ी और सूट से फर्क लग रहा हो ?

अभिषेक : अम्म्म ! नहीं... मैं आपकी फोटोस ही फोन पर देख रहा था, जो आपके पैरेंट्स ने भेजी थी l 1 मिनट ...

यह बोलकर वह अपने फोन पर राधिका की फोटोस खोल कर उसे दिखाता है :

राधिका का दिमाग खराब हो जाता है , वह अपने आप को पहचान ही नहीं पाती है, एडिटिंग से उसका स्किन टोन करीना कपूर जितना फेयर कर दिया गया था l

उन फोटोस में निचले हिस्से में बोल्ड लेटर्स में लिखा था

"गोलू फोटोग्राफी किल्लाई नाका दमोह .

शादी, सगाई , बर्थडे इत्यादि समारोह हेतु

संपर्क करें 8231467676"

उसको समझ ही नहीं आता कि इसका वह क्या जवाब दे।

वह बहुत ही गुस्से में किचन के दरवाजे से झांकती हुई चाची को घूरती है, और फिर उसकी आंखें इस षड्यंत्र की दूसरी अभियुक्त मम्मी को ढूंढने लगती है।

मम्मी, चाची और गोलू तीनों के इस कलाकारी कांड से राधिका को अभिषेक के सामने बहुत शर्मिंदगी महसूस होती है। वह अगर इन तीनों की मिलीभगत को बताए भी तो कौन विश्वास करता कि उस ने खुद के यह फोटोस देखे ही नहीं थे। अभिषेक शायद यह बात समझ गया था। राधिका ने सारा ठीकरा गोलू पर फोड़ने का ही तय किया और खुद को थोड़ा संभालते हुए कॉन्फिडेंस से बोली

राधिका : हां बहुत घटिया एडिटिंग की है, है ना ? यह तो मैं लग ही नहीं रही। गोलू फोटोग्राफर करीना कपूर का बहुत बड़ा फैन है, शायद इसीलिए वह सारी लड़कियों की फोटो इतनी गोरी कर देता है।

अभिषेक को हंसी आ जाती है, उसको हंसता देख राधिका भी झेंप कर हंस देती है।

अभिषेक हंसते हुए एक कचोरी उठा कर खाने लगता है।

राधिका उसकी तरफ प्रश्नवाचक चेहरे से देखती है

अभिषेक मुस्कुराते हुए बोलता है - डाइट वाली बात मैंने झूठ बोली थी। मैं थोड़ा मोटा हूं ना।

दोनों खिलखिला कर हंसने लगे। और एक दूसरे से खुलकर बातें करने लगते हैं।

बाजू वाले कमरे से अभिषेक की मां और और कालिंदी खुसर पुसर कर रहे हैं

श्रीमती सक्सेना : बहन जी देखिए बुरा मत मानिएगा पर अभिषेक हमारा एकलौता लड़का है। बात 19-20 के फर्क की होती तो मानते भी , पर फोटो में और असल में लड़की के रंग में जमीन आसमान का अंतर है। और चलो गुण देखकर हम आगे सोचे भी तो, हमें भी तो अपने रिश्तेदारों में जवाब देना होगा कि इकलौते लड़के की शादी ऐसी कर दी। बहन जी बच्ची के सामने मैं यह सब नहीं बोलना चाहती थी। पर हमें माफ करिए।

कालिंदी थोड़े से हताश स्वर में

कालिंदी : जी मैं समझती हूं। कोई बात नहीं चलिए आइए , हॉल में चलते हैं।

सक्सेना जी और हरिवंश दोनों पोर्च में हाथ बांधे दो कुर्सियों पर बैठे हुए हैं

सक्सेना जी : देखिए हमें बच्ची के रंग से कोई प्रॉब्लम नहीं है पर आप लोगों को फोटो सही भेजनी चाहिए थी l

हरिवंश : देखिए क्या है कि बच्ची का रंग देखकर कोई फिर आता नहीं है बातचीत करने l और जब बातचीत आगे बढ़ती ही नहीं है तो गुणों के बारे में या लेन देन के बारे में बात कैसे करें l आप भी एक बच्ची के पिता है तो शायद समझ सकते हैं l हमारा आपको भटकाने का उद्देश्य नहीं था, बस एक पिता समझ कर माफ कर दीजिए l

सक्सेना जी : जी मैं समझ सकता हूं l बाकी जो भी है वह बच्चों पर डिपेंड करता है l अभिषेक को अगर राधिका पसंद आती है तो लेनदेन की बातें हम फिर बाद में फोन पर कर लेंगे l

हरिवंश : आइए चलिए बच्चों के पास चलते हैं l

अभिषेक सभी लोगों के हॉल में आने से पहले राधिका से बोलता है

अभिषेक : राधिका मुझे तुमसे मिलकर बहुत अच्छा लगा तुम काफी टैलेंटेड और इंटरेस्टिंग पर्सन हो l मैंने कभी फर्स्ट मीटिंग पर किसी भी लड़की से इतना खुलकर बात नहीं की l

राधिका भी मुस्कुराते हुए बोलती है : मुझे भी नहीं लगा था कि यह मीटिंग इतनी स्मूथ जाएगी l स्पेशली आपकी मॉम के रिएक्शन और वह फोटो मिस्ट्री के बाद तो मुझे लगा था मुझे कमरे से उठकर भाग जाना चाहिए थाl I must say you are very kind.

अभिषेक : मेरी मॉम मुझे लेकर काफी पजेसिव हैl इकलौता हूं ना l पापा कूल है l

राधिका : yes I can understand!

अभिषेक एक बात बोलूं बुरा मत मानना :

अभिषेक : जितना मैं अपनी मॉम को जानता हूं , मेरी मॉम यह शादी नहीं होने देंगेl उन्हें हीरोइन जैसी गोरी बहू चाहिए l जब से मैंने होश संभाला है उनके बहुत अरमान है मेरी शादी को लेकर l और शायद उनकी बातें सुन सुनकर मेरे भी दिमाग में कहीं ना कहीं यह बातें घर कर गई थी....

वह अपना वाक्य पूरा कर पाता कि इतने में सभी लोग हॉल में आ गए l

राधिका धीरे से अभिषेक से बोलती है:

Don't worry I can understand! I knew this from very first reaction of yours, when you saw me.

राहुल सभी को सोंफ, लोंग, इलाइची सर्व करता है l सक्सेना परिवार बाहर जाने के लिए अपनी जगह पर खड़े हो जाते हैं l

सक्सेना जी : चलिए हरिवंश जी आज्ञा दीजिए l बच्चों की मंशा रही तो फिर से मुलाकात होगी l

हरिवंश : आप आपस में विचार-विमर्श कर लीजिए, मैं भी बच्ची से बात करके आपको कल फोन करता हूं l

हरिवंश उन लोगों को बाहर तक छोड़ने जाते हैं जैसे ही गाड़ी स्टार्ट होने की आवाज आती है राधिका दनदनाते हुए अंदर वाले कमरे में चाची और मम्मी के पास जाती है

राधिका : मम्मी यह कैसी फोटो भेजे आप लोगों ने l और वह भी मुझसे छुपा के l उस लड़के का पहला सवाल ही यह था कि "आप अपनी फोटोस में और असल में बहुत अलग दिखती हैं "l मैं आप लोगों का कहना मान रही हूं तो कम से कम मुझे लोगों के सामने शर्मिंदा तो मत करो l

कालिंदी : बेटा तुम चिंता क्यों कर रही हो, दो और लड़के देखने आने वाले हैं l

राधिका : चाची आप सबसे पहले असली फोटोस भेजिए बिना एडिट की हुई वाली मैं आपको फोन पर भेजती हूं, बाकी के दो लड़के वालों को भी l

हरिवंश राधिका को आवाज देते हैं -

हरिवंश - बेटा देखो यह दोनों लड़के वाले जो इस हफ्ते आ रहे हैं, उनको आने दो l बाकी आगे से तुम जैसी फोटोस बोलोगी वैसे भेज देंगे l मैंने फोन पर उन्हें बोला है कि रंग थोड़ा दबा हुआ है l फिर भी वह एक बार घर आकर लड़की देखना चाहते हैं l

राधिका खून का घूंट पीकर बोलती है : जी पापा जी l

चाय समोसा प्रोग्राम 2

वही समोसे चाय की खुशबू , वही सारी सजावट, वही परिवार के लोग और वही सारी तैयारियां l अलग था तो बस रोहित का परिवार, रोहित और इस चाय-समोसा प्रोग्राम का अंत l

टेबल पर ग्लास का पानी गिर जाने से राधिका की मां छोटू को कपड़ा ला कर टेबल पोछने बोलती है l छोटू 1 मिनट में कपड़े से टेबल साफ करके अंदर चली जाती है l रोहित और रोहित के परिवार को छोटू पसंद आ जाती है l हरिवंश रोहित और रोहित के परिवार को यह बोलकर अलविदा कर देते हैं कि पहले हमें अपनी बड़ी बेटी की शादी करनी है l

चाय समोसा प्रोग्राम 3

आखिरकार यह तीसरा लड़का राधिका से शादी करने के लिए मान जाता है l जैसे ही राधिका के परिवार को पता चलता है कि उसे शुगर की बीमारी है , वो राधिका को डिसाइड करने बोलते हैं l राधिका को अपने पेरेंट्स का यह सवाल पूछना भी बहुत बुरा लगता हैl उसने अपने मम्मी-पापा से कभी यह आशा नहीं की l वह थोड़ा सा तीखा जवाब देती है :

राधिका : इसमें पूछने की क्या बात है ? मैं बीमार इंसान से शादी क्यों करूं ?

और अपने कानों में इयरफोंस डालकर फोन पर कुछ देखने का बहाना करती है l राधिका का मन लड़कों से ज्यादा अपने मम्मी पापा के प्रति दुखी हो जाता है l उसे मुंबई वापस जाने में अभी 6 दिन और हैं l वह अपने मम्मी पापा से काफी कटी कटी रहती है और कम से कम बात करती है l

राधिका अपनी मम्मी को बिन बताए एक गद्दा लेकर ऊपर वाले कमरे में राहुल और ईशु के पास सोने चली जाती है l उसके मन में मम्मी पापा के व्यवहार के लिए बहुत गुस्सा है l वह तीनों पत्ते खेलते हैं, राधिका गेम जीत जाती है l जब राहुल ईशु सो जाते हैं, वह वह चुपचाप सर पर चादर ढक कर रो पड़ती है l

अचानक कोई उसका चादर खींचता है वह सकपका के पेट के बल करवट लेकर अपना आंसुओं से भीगा हुआ चेहरा छुपाने की कोशिश करती है l

ईशु : दीदी? क्या हुआ ? जाग रहे थे हम नींद नहीं लगी थी हमारी l अब नाटक मत करो उठो l

राधिका ईशु को रोते-रोते सब बता देती है कि उसे मम्मी पापा का व्यवहार बहुत तकलीफ दे रहा है l राधिका जब यह सब ईशु को बता रही थी, तब कालिंदी यह सब बाहर खड़े होकर सुन रही थी l राधिका को नीचे अपने बाजू में नहीं पाकर वह ऊपर उसे देखने आई थी, कि राधिका यहां क्यों सोने आ गई ? पर अब उसमें यह हिम्मत नहीं थी कि वह अभी राधिका से आंखें मिला सके l कालिंदी अपने कमरे में आकर आंसुओं के साथ लेट जाती है l वह आत्मग्लानि से भर जाती है, कि क्यों और कब अपनी बेटी के साथ हमेशा खड़े रहने का वादा तोड़कर राधिका को आहत करने वाले कठोर दुनिया वालों के साथ खड़ी हो चुकी है l कालिंदी को उसकी शादी का दिन याद आता है l वह कितने अरमान लेकर अपने ससुराल आई थी.....

5

काली दुल्हन

अप्रैल , 1986 पटेरा, मध्य प्रदेश

कालिंदी के मुंह दिखाई के लिए सेवकराम जी के घर पर महिलाओं का जमावड़ा लगा हुआ है l जिसकी शादी सेवक राम जी के मंझले बेटे मुन्ना (हरिवंश)से हुई है l पड़ोसी औरतें ढोलक पर बन्ना-बन्नी गीत गा रही हैं l

कालिंदी सभी के बीच में घूंघट डाले बैठी हुई है l वह अपने ख्यालों में खोई हुई है कि अब जीवन के संघर्ष वाले दिन खत्म हो जाएंगे l उसके ससुराल में सब उसे प्यार करेंगे, इज्जत देंगे l उसके पिता के असमय मृत्यु के कारण उसने अपने पूरे परिवार को संभालने में बहुत ही छोटी उम्र से कड़ा संघर्ष किया था l उसने अपने भाई बहनों की पढ़ाई लिखाई, कैसे किसकी जॉब कहां लग सकती है, कहां क्या फॉर्म भरना है, कौन सी ट्रेनिंग, कौन सी विधा में, कैसे पारंगत होकर और सीमित संसाधनों में कैसे गुजारा करना है, इन सब का जिम्मा कई वर्षों तक उठाए रखा था l जब BTI ट्रेनिंग के बाद उसकी मास्टरी की नौकरी लगी तब वह बहुत खुश थी l वह डॉक्टर बनना चाहती थी पर डॉक्टर बनने के लिए महंगी पढ़ाई के संसाधन उसके पास थे नहीं l नौकरी लगने के बाद जब उसकी शादी की बारी आई, तब उसके भाईयों ने उसके लिए रिश्ता ढूंढना शुरू किया l एक तो गरीब परिवार की बेटी और दूसरा उसका काला रंग, इन 2 वजहों से उसके सर्वगुण संपन्न होते हुए भी, उसे 17 लड़के शादी के लिए रिजेक्ट करके जाने के बाद हरिवंश से उसकी शादी तय हुई थी l हरिवंश की भी मास्टर की ही जॉब थी l

कालिंदी अपने सुखमय दांपत्य जीवन के ख्वाबों से बाहर आती है , उसकी जेठानी उसकी मुंह दिखाई की रस्म शुरू करने के लिए उसके बाजू में आकर खड़ी हो जाती है l सभी औरतें एक-एक करके उसका घूंघट खोल के मुंह दिखाई करने के

बाद शगुन के लिफाफे और तोहफे कालिंदी को दे रही हैं, और उसकी जेठानी एक-एक करके उन औरतों का परिचय कालिंदी को दे रही है l कालिंदी अपने से बड़ों का पैर छूकर आशीर्वाद लेती है और अपने से बराबरी वालों को नमस्ते कहती है l

पर धीरे-धीरे उसको अपने ससुराल के सुनहरे सपने धूमिल होते हुए नजर आते हैं l वह देख पा रही थी कि मुंह दिखाई की करने के बाद जो औरतें बाहर जाकर आंगन में बैठी है वह सब उसके रंग के कारण मुंहदिखाई की रस्म से कुछ खास खुश नहीं थी l सब आपस में खुसर फुसर कर रही थी l

उन औरतों में से एक बूढ़ी औरत खेमा जीजी, हरिवंश को छेड़ते हुए बोलती हैं

खेमा जीजी : भाई मेरा तो शगुन का लिफाफा बर्बाद चला गया l क्यों मुन्ना लड़की देखने कोई अंधा गया था क्या ? तुमने शादी से पहले लड़की देखी नहीं थी क्याl सेवकराम जी ने तुम्हारे साथ बड़ी नाइंसाफी कर दी l

बाकी सारी औरतें हंसने लगती हैं l कालिंदी भी सारी बातें सुन रही थी, उसके ख्वाबों का घरौंदा जैसे किसी ने उस के मुंह पर थप्पड़ की तरह दे मारा हो l

हरिवंश : मैं गया था लड़की देखने, मैंने पसंद की है क्यों कोई दिक्कत है क्या ?

खेमा जीजी : मुझे क्या दिक्कत होगी हम तो तुम्हारे भले के लिए पूछ रहे थे l बच्चे भी काले रंग के हुए तो? और अगर गलती से कहीं लड़की काली पैदा हो गई, तो बेटा तुम पर डबल बोझ आ जाएगा l

हरिवंश : जीजी तुम अच्छे मौके पर भी कड़वी बातें बोलना नहीं छोड़ोगी , तुम अपने अनपढ़ बच्चों को जाकर देखो l मारे मारे घूमते हैं यहां से वहां दिनभर l उनकी शादियां कराओ l मैं और मेरी मास्टरनी बीवी अपने बच्चों का भविष्य देख लेंगे l

सारी औरतें फिर से हंसने लगती हैं l

कालिंदी मुंह दिखाई के बाद सारे तोहफे और शगुन के लिफाफे अपनी जेठानी के साथ अम्मा को देने जाने लगती हैं l

मुंह दिखाई की रस्म खत्म हो जाती है सारी औरतें खाना खाने बैठ जाती है l कालिंदी भी अपनी ननंद जेठानी के साथ हाथ बटाने लगती है -

मीना काकी : वाह बहु रानी तुम तो आज से ही काम करने लग गई l रंग रूप की ना सही गुणों की तो बहुत अच्छी है बहू l

कालिंदी मन ही मन सोचती है कि यह तारीफ थी या ताना? वह मुस्कुरा कर उनकी थाली में रायता परोस देती है l

2 अधेड़ उम्र की औरतें गुसलखाने के तरफ पीठ करके चबूतरे पर बर्तन मांजते हुए बातें कर रही है l दोनों मुन्ना की मौसिया है l

कालिंदी भी उसी तरफ बढ़ रही है, वह अपना घूंघट डाले हुए हैं l गुसलखाने में अभी कोई अंदर है, कालिंदी उसके बाहर आने का इंतजार करने लगती है l

बर्तन मांजते हुए भूरी : शालू ! सही तो कह रही थी खिमा जीजी, मुन्ना ने ऐसी काली कलूटी में क्या देख कर शादी कर ली l

शालू मौसी : अब मुन्ना इंजीनियरिंग में फेल हो गया, नेतागिरी, गलत संगत में रहता है वह अलग, उसके शौक हैं दारू और आवारागर्दी के, सेवक राम जी ने जैसे तैसे करके उसकी छोटी सी नौकरी मास्टरी की लगवाई है l अब बताओ ऐसे में कौन अपनी लड़की देता l किस्मत अच्छी है मुन्ना की कि ऐसे ढंग होने के बाद गवर्नमेंट नौकरी वाली लड़की मिली है l रंग में क्या रखा है उसके नैन नक्श बड़े अच्छे हैं l मिलनसार स्वभाव की भी लगती है, मुंह दिखाई के तुरंत बाद शाम को खुद से ही सभी को खाना परोस रही थी l आजकल की लड़कियों में कहां होता है सहूर , वह भी नौकरी वालियों में l

तभी गुसलखाने से कालिंदी की जेठानी बाहर निकलती है, व कालिंदी का को बाहर इंतजार करते हुए देख वह मुस्कुराती है और उससे कहती है-

कालिंदी की जेठानी माया : आओ बहुरानी , आओ l

यह सुनकर दोनों मौसियाँ सन्न रह जाती और पलटकर कालिंदी को गुसलखाने में जाते हुए देखती हैंl

शालू धीरे से दांत पीसते हुए फुसफुसाके बोलती है -

शालू मौसी : माया तुम बता नहीं सकती थी?

माया : मौसी हमें कैसे पता चलेगा कि कालिंदी बाहर खड़ी है l हम तो अंदर थे नाl तुम लोग बाहर बैठी थी l

भूरी मासी माथा पकड़ते हुए -

भूरी मौसी : अरे हम दोनों तो पीठ देकर बैठे थे ना l

शालू मौसी : तुम अंदर थी तो तुम्हें कुछ सुनाई दिया हम क्या बात कर रहे थे ?

माया मुस्कुराते हुए: हां मौसी सब सुनाई दे रहा था l

शालू मौसी- अगर उसने मुन्ना को बता दिया या अम्मा को जाकर बता दिया, तो शामत आ जाएगी मेरी l मुन्ना के खिलाफ अम्मा एक शब्द नहीं सुनती है l

रात 11:00 बजे

कालिंदी फूलों से सजे कमरे में बैठी हुई है , वह रो रही है l

उसे समझ आ गया था कि उसका मायका जबलपुर एक बड़ा शहर है, जबकि ससुराल एक बहुत छोटा गांव पटेरा है l यहां के लोगों की मानसिकता और भी निचले स्तर की है l उसके सारे सुनहरे अरमान उसकी आंखों से बह रहे थे l

हरिवंश कमरे में आता है और पूछता है -

हरिवंश - क्या हुआ ?घर की याद आ रही है क्या ?

अब यह घर भी तुम्हारा है , यहां भी सब अपने हैं तुम्हारे l

कालिंदी : नहीं वह बात नहीं है l जब से मैं यहां आई हूं तब से सिर्फ रंग रूप पर ताने सुन रही हूं l खेमा जीजी की बात भी सुनी मैंनेl मैं सोच कर आई थी मैं ससुराल में बहुत खुश रहूंगी l मुझे बहुत लाड़-प्यार मिलेगा पर यहां कोई पसंद नहीं करता मुझे l मुंहदिखाई में पूरे रिश्तेदारों और परिवार वालों ने मुंह बना रखा था l सारी औरतें बातें कर रही थी कि आपने सिर्फ मुझसे नौकरी के लिए शादी की है, मेरा रंग रूप तो आपको भी पसंद नहीं है l

नौकरी वाली बात सुनकर हरिवंश को गुस्सा आ जाता है , उसका अहम आहत हो जाता हैl वह गुस्से में बोलता है -

हरिवंश : हां सही कह रही हो तुम, मैंने तुम्हारा रंग रूप देखकर नहीं तुम्हारे गुण देखकर शादी की है और तुम्हें अगर यह बुरा लगता है तो लगता रहेl मुझे सोने दो l साला कहीं चैन नहीं है l

कालिंदी हरिवंश का गुस्सा देखकर डर जाती है वह तो अपने मन का गुबार हल्का करने की कोशिश कर रही थी पर उसे अपने पति से भी सहानुभूति नहीं मिलती है l

समय बीतता है , कालिंदी के लाख कोशिश करने के बाद भी परिवार में वह सम्मान नहीं मिलता जो एक बहू को मिलना चाहिए वह अपनी तनख्वाह अपनी सास को दिया करती है जबकि हरिवंश अपनी तनख्वाह शराब और अपने शौक पूरे करने में लगाता है फिर भी अम्मा और उसकी ननंदे उस पर हमेशा ताने मारती रहती हैं अगर कालिंदी उसका जवाब दे देती है तो अम्मा हरिवंश से शिकायत कर देती है l धीरे-धीरे इस तरह के झगड़े हरिवंश और कालिंदी के जीवन का एक आम हिस्सा बन जाते हैं l

1 दिन कालिंदी अपनी सास से कुछ पैसे मांगती है -

कालिंदी -माजी कुछ पैसे चाहिए थे l

अम्मा - क्यों? क्या खरीदना है ?

कालिंदी : मांजी वह क्रीम ,बिंदी और पाउडर यह सब खत्म हो गया है वह लेना है l

अम्मा : कितना भी क्रीम पाउडर लगाओ रंग आखिर रहेगा काला का काला l तो यह फिजूलखर्ची करने की कोई जरूरत नहीं है l

कालिंदी खून का घूंट पीकर चुपचाप वहां से चली जाती है और अगले महीने की तनख्वाह अम्मा को लाकर नहीं देती है l हरिवंश रात को शराब पीकर घर आता है,अम्मा तनख्वाह वाली बात उसे बताती है l वह बिना कालिंदी के की बात सुने कालिंदी पर आग बबूला हो जाता है , और गुस्से से चिल्लाता है -

हरिवंश - तुम्हारा मन बिल्कुल वैसा है जैसा तुम्हारा रंग, एकदम काला l तुम्हें एहसान मानना चाहिए मेरा मेरे परिवार का मेरी मां का कि तुम्हें ब्याह कर लाए l वरना कोई शादी नहीं करता तुमसे l

कालिंदी को भी गुस्सा आ जाता है बस जवाब मैं कहती है -

कालिंदी : आप जैसे शराबी से भी कोई शादी नहीं कर रहा था l मेरे पिताजी जिंदा होते तो वह यहां पर कभी शादी नहीं करते मेरी l

हरिवंश को गुस्सा आ जाता है वह जोर से कालिंदी के गाल पर एक थप्पड़ रसीद कर देता है और अपने कमरे में सोने चला जाता है l

कालिंदी पूरी रात रोते रहती है l पहली बार हरिवंश ने उस पर हाथ उठाया था l वह भाग जाना चाहती थी l पर भागती कहां , उसने अपने भाइयों से पहले भी मदद मांगने की कोशिश की थी पर अब उसके भाई अपना दांपत्य जीवन संभालने में व्यस्त थे l उसे समझ आ चुका था कि उसका अपना घर अब यही है l उसके मन में आत्महत्या करने का ख्याल भी आता है पर वह इतनी कायर नहीं थी, वह जीवन में अब तक संघर्ष ही तो करते आई थी l उसे उसे अपनी शादी को निभाना ही एक जीवन जीने का रास्ता था l

21 सितम्बर 1989, जबलपुर मेडिकल हॉस्पिटल

कालिंदी और हरिवंश शादी के 4 साल के बाद माता पिता बने हैं l कालिंदी ने एक प्यारी सी बेटी को जन्म दिया है l हरिवंश और अम्मा हॉस्पिटल के कमरे में दाखिल होते हैं l उसकी सास बच्ची का सांवला रंग देखकर नाक -भौं सिकोड़ लेती है l कालिंदी यह देखकर डर जाती है, वह मन ही मन अपनी फूल सी बच्ची के प्रति समाज का निर्दयी होना सोचकर भी कांप उठती है l हरिवंश बहुत खुश है आज, शादी के 4 साल बाद वह पिता बना है l वह अपनी बच्ची को गोद में उठाकर लाड करने लगता है

हरिवंश : मैं अपनी बिटिया को इंजीनियर बनाऊंगा l देश-विदेश घुमाऊंगा l इंग्लिश मीडियम स्कूल में पढ़ाऊंगा l

बच्ची के प्रति हरिवंश का प्यार देखकर कालिंदी के मन को थोड़ी राहत मिलती है l

वे अपनी बच्ची का नाम रीना रखते हैं l

कालिंदी रीना के लिए बहुत सुंदर कपड़े सीती और स्वेटर बुनती है। मुन्ना{हरिवंश} रोज नए खिलौने लेकर आता है।

छोटी सी रीना के साथ दोनों अपने मातृत्व-पितृत्व सुख से अभीभूत होते हैं।

कालिंदी रीना को तरह तरह के कपड़े पहना कर अपने स्कूल के बाजू वाले फोटो स्टूडियो से उसके फोटोस निकल वाती रहती। कभी कृष्ण बनाकर, कभी कत्थक ड्रेस में कभी लहंगे में। और यह सारी फोटोस उसने जड़वा कर दीवार पर लगवा रखी थी। जैसे वह रीना के भविष्य के लिए एक ऐसा डेटाबेस तैयार कर रही थी जिसे देखकर रीना हमेशा अपने आप को खूबसूरत महसूस करे।

अम्मा अभी भी छोटी सी रीना को अपना नहीं पाई थी। वह ज़ब भी रीना को गोद में उठाती तो तिरस्कार से बोलती,

अम्मा : कितने प्यारे नैन नक्श हैं। अगर गोरी होती तो कितना अच्छा होता। पर क्या करें मुन्ना की किस्मत ही खराब है, काली बहु लाएगा तो यही होना था।

कालिंदी को अपनी बच्ची के प्रति यह ताने बहुत दुखी करते हैं। वह ठान लेती है कि अपनी बच्ची को हर तरह से मजबूत और अपने पैरों पर खड़ा होना सिखाएगी। रीना जहां जाएगी उसे वहां सम्मान और प्यार मिलेगा। वह रीना को खेलकूद, पढ़ाई लिखाई डांस, म्यूजिक , संस्कार सभी विधाओं में निपुण करने के साथ-साथ स्वाभिमान से चलना भी सिखाएगी। वह रीना को समाज के सामने सर उठा कर जीना सिखाएगी।

रीना स्कूल जाना शुरु कर देती है। स्कूल में उसका नाम कालिंदी की जिद पर " राधिका " रखवाया जाता है।

कालिंदी की मेहनत रंग लाना शुरू कर देती है राधिका बचपन से ही बहुमुखी प्रतिभाओं की धनी बन जाती है।

वह विभिन्न प्रतियोगिताएं जीतकर कालिंदी और हरिवंश का पटेरा शहर में ऊंचा कर देती है।

कालिंदी और हरिवंश का लाड पाकर नन्ही राधिका कठोर समाज के व्यवहार से अनभिज्ञ वह वह अपने सपनों की परिभाषा तय करने लगी है। उसे नाटक, डांस और संगीत में खास रुचि है। वह टीवी पर देख कर बहुत से हीरोइंस की नकल करने की कोशिश करती है। जब उसके शिक्षक उससे कक्षा में पूछते कि वह क्या बनना चाहती है वह हमेशा यही जवाब देती है कि वह हीरोइन बनना चाहती है।

पर जब भी वह यह जवाब देती है सभी हंसने लगते हैं उसे समझ नहीं आता कि सब उस के इस जवाब पर हंसते क्यों हैं ?

6

हृदय बम विस्फोट

5-6 लड़कों ने सिर्फ फोटो देखकर राधिका को रिजेक्ट कर देने के बाद राधिका को अब लगने लग गया था कि वह बाजार में रखी हुई उन चीजों की तरह है जिन्हें लोग उनकी पैकेजिंग देखकर फैसला करते हैं, कि कौन सी चीज लेनी है। बिल्कुल वैसे ही जैसे, लोग स्थानीय फेरी वालों के पारदर्शी सस्ती झिल्ली में पैक ताजे बिस्कुट और नानखटाई लेना नहीं पसंद करते हैं। चमकीली पैकेजिंग के अंदर बंद चॉकलेट-बिस्कुट फिर चाहे घुन लगे 10 साल पुराने आटे से ही क्यों ना बने हो, पर कीमतें और मांग दोनों ही चमकीले पैकेजिंग में बंद चीजों की ही होती है। राधिका को समझ नहीं आ रहा वह भाग के अब कहां जाए ? वह मुंबई से जिस डर के जख्म को भरने अपने घर आई थी, अब उसे लगता है कि जैसे उस के अपने ही इस जख्म पर नमक और मिर्च रगड़ रहे हैं। और यह जख्म अब सड़ कर एक धधकता हुआ ज्वालामुखी बन गया है, जिसका खौलता हुआ लावा जमीन की परत को चीर कर अपने आसपास सब भस्म कर देना चाहता हो।

कालिंदी अभी भी आत्मग्लानि की में जल रही है। वह किसी भी तरीके से उदास राधिका के चेहरे पर मुस्कुराहट लाना चाहती है। कालिंदी ने लाख जतन किए कि वह किसी तरह राधिका से बात करे, पर राधिका किसी भी सवाल का हां हूं जितना उत्तर देने के बाद किसी को भी खुद से बात करने का मौका ही नहीं दे रही है। वह नहीं चाहती कि कोई भी अपना उसके अंदर की आग का का सामना करे।

कभी कालिंदी उसे उसके पापा को खाने की थाली परोस ने को कहती है। राधिका थाली परोस कर पापा को हॉल में देने जा रही है, तभी वह उसके पापा को फोन पर किसी से बात करते हुए सुनती है -

“.....मेरी बेटी हर तरह से सर्वगुण संपन्न है बस रंग जो है उसका, वह थोड़ा दबा हुआ है। आप उसके रंग पर मत जाइएगा बाकी वह हर चीज में आगे रही है, खेल कूद पढ़ाई लिखाई नौकरी ...।

आपको फोटो और बायोडाटा में भेज देता हूं आप लोग भी अपने सुपुत्र का फोटो और बायोडाटा भेज दीजिएगा। जी धन्यवाद रखता हूं।“

राधिका सब गुस्से से सुन रही थी जैसे ही उसके पिताजी फोन करते हैं वह उनसे चिल्ला कर पूछती है,

राधिका : यह किस तरह की बात करते हो आप लड़के वालों से, आप इतनी तारीफ करने के बाद ऐसे क्यों बोलते हैं जैसे मैं अपाहिज हूं या मुझे कोई बीमारी है, जैसे आपकी बेटी सांवली नहीं उसे चमड़ी की कोई बीमारी हो?

राधिका की ऐसी आक्रामकता और हताशा को देखकर उसके पिता हैरान हो जाते हैं, उन्होंने यह कहकर कुछ अतार्किक वापसी करने की कोशिश की, "अरे बेटा ऐसा बोलना पड़ता है तुम समाज को समझती नहीं हो..." राधिका उन्हें बीच में टोकती है, और रोते हुए बोलती है

राधिका: ऐसा कैसे बोलना पड़ता है, क्या मजबूरी है आपकी। आप पापा हो मेरे जब आपको हम सुंदर नहीं लगते किसी लड़के को और उसके घर वालों को कैसे सुंदर लगेंगे, आप बदल गए हो पापा, हम पागल हो गए हैं इतनी नफ़रत झेल के। मम्मी- पापा बचपन से इतना मजबूत बनाया, आप लोग हमें हर चीज में आगे रहना सिखाया, बड़े-बड़े शहरों में अपनी पहचान बनाना सिखाया आपने, पढ़ाई हो, खेलकूद हो, नौकरी हो। मैं सब चुपचाप करती रही... जी पापा जी बोल कर हर बात मानती रही पर क्या मेरे खुद के पापा को मैं कभी सुंदर नहीं लग सकी.. (राधिका बहुत जोर से रोने लगती है)

उसकी बहनों और उसकी मां उसे सांत्वना देने की कोशिश कर रही हैं 1

(हरिवंश कालिंदी की तरफ देखते हुए)

हरिवंश : यह कैसी बातें कर रही है? (गुस्से में)

(अपने पापा का इस तरह का रिएक्शन देखकर राधिका को और गुस्सा आता है)

राधिका : पापा बचपन से हम थक गए हैं यह एक्स्ट्रा मेहनत कर करके, वह घर हो स्कूल हो, कोटा की कोचिंग हो, इंदौर का कॉलेज हो, या मुंबई में नौकरी का ऑफिस हो, साला हर जगह लोगों को इंप्रेस करने में लग रहे।

कभी क्लास में फर्स्ट आकर, कभी डांस पर फर्स्ट आकर, कभी स्पोर्ट्स में फर्स्ट आकर, कभी रात रात भर बैठकर ऑफिस में काम करके, कभी खाना बनाना सीख

कर।

कभी रिश्तेदारों की सेवा कर संस्कार दिखाकर, कभी रंगोली बनाकर, कभी कपड़े सिलना सीख के, कभी हल्दी बेसन मुंह पर लगाकर, कभी अपनी पूरी सैलरी जूते चप्पल मेकअप में खर्च करके, जब कॉलेज में पैसे नहीं होते थे तो सहेलियों के कपड़े उधार मांग कर और चोर बाजार से कपड़े खरीद कर।

एड़ी से चोटी का जोर लगा दिया, 20-25 साल लगा दिए पर यह काला रंग पीछा ही नहीं छोड़ता पापा जी, हर जगह लोगों की आंखों और हमारे मन के बीच खड़ा रहता पर्दा बनके।

(राधिका की बातें सुनकर सभी की आंखों में आंसू आ जाते हैं)

कालिंदी(रोते हुए) : अरे बेटा तुम पागल हो क्या जो ऐसा सोचती हो....

राधिका (कालिंदी को बीच में ही टोक, आंसुओं के साथ हंसते हुए) : मम्मी तुम पूछ रही हो कि हम ऐसा कैसे सोच रहे हैं? मम्मी जब हम तीसरी क्लास में ठंड के कारण नहाने से मना करते थे, तो तुम कहती थी नहीं नहाओगी तो और काली हो जाओगी फिर तुमसे कौन शादी करेगा?, चमिटा मार-मार के पढ़ाई कराती थी, यह बोलकर पढ़ लिख कर कुछ बन जाओ अगर शादी नहीं हुई किसी से तो भूखों तो नहीं मरोगी। कपड़ों की दुकान पर ले जाकर बोलते थे लाइट कलर के कपड़े ही दिखाना सांवले रंग पर अच्छे लगते हैं। बचपन में हमने क्रीम कलर के अलावा कोई कलर ही नहीं पहना, कॉलेज तक में हम डार्क रंग पहनने से डरते थे मम्मी। फेयर एंड लवली, विको, दही बेसन हल्दी, मसूर, टमाटर, कॉफी, शक्कर, संतरे के छिलके, ककड़ी, बर्फ, बेकिंग सोडा, कोलगेट, शहद, तिल, ओट्स, चावल का पानी, मुल्तानी मिट्टी, गुलाब जल, केसर, एलोवेरा, पुदीना, पपीता, आलू.... किचन और फ्रिज में शायद ही कोई चीज रह गई है जो आपने हमें गोरा करने के लिए ना लगाई हो, पर हम काले के काले रहे इसलिए आप लोग सारे लड़के वालों से भीख मांगते जैसे बोलते हो की "बाकी" तो सर्व गुण संपन्न है हमारी बेटी, आप उसके रंग पे मत जाइयेगा, हमारी बेटी का रंग दबा हुआ है मतलब काला है, और उसकी इस बदसुरती पर हम लोग बहुत शर्मिंदा हैं, आपके बेटे का और आपके परिवार का बड़ा एहसान होगा अगर आप हमारे इस बोझ को अपना के हल्का कर दें और अपना बोझ बना लें".

(यह बोलकर दरवाजे को जोर से धक्का देकर अपने रूम की तरफ बढ़ जाती है)

ईशू(सबसे छोटी बहन) : सही तो कह रही है दीदी आप लोग सच में ऐसा करते हो।

(उसके भाई बहन उसके कमरे में जाकर उसे सांत्वना देने की कोशिश करते हैं)

राधिका के पापा रूंधे गले से कालिंदी की ओर देख कर बोलते हैं : मैंने कभी सोचा ही नहीं कि मेरी बेटी इतने दुख में है l आज तक राधिका ने मुझे जवाब नहीं दिया , जैसा बोलता गया हमेशा वैसा ही करती रही l अच्छा होता अगर वह बचपन में ही कभी मुझे जवाब दे देती l उसके पैदा होते ही, मैंने अपना इंजीनियर बनने का सपना उस पर थोप दिया l मेरी हर बात पर "जी पापा जी" बोलकर

उसका मन मेरे सामने रोता रहा और मैंने कभी सुनने की कोशिश ही नहीं की l

कालिंदी हरिवंश की पीठ पर सर रखकर फूट-फूटकर रोने लगती है l हरिवंश पलट कर उसका सर अपने कंधे पर रखकर बोलते है -

हरिवंश - मैंने तुम्हारे साथ भी बहुत गलत किया है कालिंदी, जब कि तुम हमेशा मेरा साथ देती रही मुझे माफ कर दो l

वह दोनों राधिका के कमरे में जाते हैं l

राधिका की मां जैसे ही उसके सर पर हाथ रखती है राधिका पलट कर उसकी गोद में मुंह छुपा कर जोर जोर से रोने लगती है-

राधिका "सॉरी हम सब से बहुत उटपटांग बोल गए, हमें बहुत तकलीफ होती है जब यह अंकल जैसे दिखने वाले लड़के हमें काले होने के कारण रिजेक्ट करते हैं... मुझे नहीं रहना अब यहां मैं कल ही मुंबई वापस जाना चाहती हूं "

हरिवंश भी उसके सर पर हाथ फेरते हुए बोलते हैं - बेटा, हमें माफ कर दो हम कभी तुम्हारे अंदर की तकलीफ को देख ही नहीं पाए l समाज की सोच कब हमने सच मान लिया हमें पता ही नहीं चला l

कालिंदी: बेटा तुम रो मत, हमें पता ही नहीं चला कि कब तुम्हें समाज से बचाते बचाते हम कब उन लोगों में जाकर ही शामिल हो गए l

राधिका के परिवार में अचानक उसके ह्रदय बम विस्फोट से एक बहुत उदास चुप्पी है, जैसे किसी धमाके के बाद कुछ समय के लिए दूर-दूर तक लोगों के कान सुन्न पड़ जाते हैं और एक कींssssssss जैसी सीटी की झुर्झुरी कानों से पूरे शरीर तक दौड़ने लगती है l राधिका को न जाने कितने सालों से इसी बात का डर था l पर आज जैसे उसका दिल उस धधकते लावे से आजाद हो गया था l

राधिका मुंबई के लिए रवाना हो चुकी है, वह बचपन से लेकर अब तक के सफर की यादो से फिर एक बार रूबरू है ......

7

सौंदर्य साबुन निरमा

रविवार दिसम्बर 4, 1995 पटेरा (मध्यप्रदेश)

सेवक राम जी की चार मंजिला कोठी की छत करीब साढ़े ग्यारह बजे की गुनगुनी धूप मे एक नन्ही सी आवाज़ कुछ बार बार गुनगुनाए जा रही थी l एक पानी से भरे प्लास्टिक छठभुज आकर के टब मे खुद बैठ कर पानी को भी अपनी orchestra मे शामिल करने की कोशिश कर रही थी राधिका, पर पानी की छप छप उसके सुर से अलग सुर मे भाग रही, जिससे हर बार उसके मन मे उस गाने पे चल रहा चलचित्र बार बार वापस उसके शुरआत वाले छोर पर पहुँच जाता हो.....

" तुम खिली खिली तुम सवर सवर ऐ जाने जिगर तुम चली कहा..... सौंदर्य साबुन निरमा सौंदर्य साबुन निरमा..... "

बुआ की एंट्री, तक्के से चिल्ला के

पुरो साबुन घोरे डार रई जा रीना(राधिका) देखो भाभी....

बुआ: काय बिन्ना का खेल खेल रइ तुम

रीना : हम हीरोइन बनवी बड़े होके और टीवी पे आवि कर.

बुआ : (ठहाका लगा के हंस रही)

कालिंदी की एंट्री चूल्हा छोडके

और झल्ला कर रीना को हाथ से खींचकर पानी से बाहर निकाला.... मम्मी की झुंझलाहट मे और बुआ के ठहाको मे कोई तो सीधा सम्बन्ध था, जो रीना को जरा भी समझ नहीं आ रहा था वह तो छटपटा रही थी अपनी सौंदर्य साबुन वाली दुनिया मे वापस जाने के लिए. पर उसकी एक ना चली उल्टा उसकी मम्मी ने बाल पकड़ के 2 झापड़ उसके गालों पे जड दिए. फिर क्या था रीना मुँह फाड़ के भांए भांए जोरों से रोने लगी.

बुआ : भाभी तुमाइ मोड़ी के रइ हीरोइन बनहे टीवी पे आहे, तुमइ इखो स्कूलों के नाच गाना नाटक मे भेज भेज इको दिमाग़ ख़राब कर रइ. (व्यंगात्मक हंसी के साथ) निरमा साबुन लगा के हीरोइन जैसी गोरी हो जे है, देख तोह कौआ चले हंसी की चाल.

कालिंदी को जैसे आभास हुआ उसने गुड्डी के फबतियों का गुस्सा रीना के गालों पे निकाल दिया है.

वह तपाक से रीना को तौलिया मे लपेट के गले से लगा कर वापस सीढीयों से उतरकर रसोई की तरफ बड़बड़ाते हुए " भरी ठण्ड मे उघारे बदन पानी को खेल खेलत रहत है जा, शीत पकड़ लेहे सो फिर खासत रइयो.... " जैसे वह रीना से अपनी असल कुढन छुपाकर उसको नकली बहाना बताना चाह रही हो....

पर रीना के रोने का इंजन अब स्टार्ट हो चूका था रसोई के छज्जे से पूरा रोड और मोहल्ला जान चुका था की मास्टरनी जी ने अपनी बच्ची की क्लास ले ली है.

मोहल्ले वालों को अच्छे से पता था यह शांखनाद था उस युद्ध का जो पुरे मोहल्ले को बहुत देर तक मनोरंजित करने वाला था. रीना तौलिये में लिपटी हुई अपने टेंटुए और फेंफड़े का पूरा जोर लगाकर कोशिश में लगती है कि उसका करुण कृन्दन किसी के जमीर को जगाए और उस पर हुए अत्याचार का इन्साफ करे. वह अपने रोने की ध्वनि के सबसे ऊँचे स्वर की हर आवृत्ती, अपनी एड़िया उठा सर तक आ रही छज्जे कि मुंडेर को पार कराने की कोशिश कर रही है.

सेवक राम अपना अखबार लेके आँगन में बैठे हैं, उनके माथे पर उस युद्ध का भय साफ साफ दिख रहा है जो हर बार उनकी इज्जत को भरे मोहल्ले में उछाल के रख देता था. वह इस युद्ध को होने से पहले ही निष्क्रिय करने के बारे में सोच ही रहे थे कि उनकी छोटी बेटी गुड्डी जिसने यह सारी आग लगाई थी, ऊपर छत से ही चिल्ला रही थी : काय भाभी किती बार कई है मास्टरनी तुम अपने स्कूल में हुईयो घर के मोड़ा - मोड़ियों खों भी ढोर बछेरुओं जैसो मारत रहती हों.

सेवकराम अच्छे से जानते थे, कालिंदी इकलौती सरकारी नौकरीपेशा औरत है, इस पुरे खानदान में. घर की बाकि सारी औरतें जलन के चलते उसे किसी भी तरह नीचा दिखाना चाहती हैं. मुन्ना और उसके बच्चों को उसके तरफ भड़काने का कोई मौका नहीं छोड़ती हैं. चाहे वह उसकी छोटी बेटी गुड्डी हो जिसके भारी भरकम मोटापे के कारण कही रिश्ता नहीं हो रहा हो या उसकी सेठानी कुँअरबाई(अम्माँ) हो.

बड़ी बहु माया बहुत पहले सरेंडर कर चुकी थी और सब चुपचाप सुन लेती थी, कभी जबाब नहीं देती थी. पर कालिंदी हर बार इन शिकारीयों के जाल में फंस जाती

है. आज भी वही हो रहा है, रीना के रोने का शांखनाद और गुड्डी का आग में डाला हुआ घी दोनों मुन्ना के कान तक पहुँचते हैं.

वह गुसालखाने की लाइट कि मरम्मत बीच में ही छोड़कर, हाथ में एक बड़ा पेंचकस लेकर गुर्राते हुए सीढ़ियों से दूसरे माले की रसोई घर कि तरफ बढ़ता है.

गुड्डी छत की सीढीयों से अपना भारी भरकम शरीर धम्म धम्म करते हुए, अपने बनाए हुए तमाशे में चश्मदीद शिरकत के लिए पहुँच चुकी है.

रीना के चेहरे पे द्रौपदी वाले वह भाव हैं जब द्रौपदी के अहावन पर कृष्ण पहुंचे थे.

कालिंदी चूल्हे पर रोटियां सेंक रही है,आंसुओ और गुस्से के कारण आँखे लाल हैं, उसे पता हैं आज भी वह शिकार बन चुकी है, हमेशा की तरह पर आज वह थका हुआ महसूस कर रही है. रसोई में मुन्ना और गुड्डी प्रवेश कर पाते इस से पहले वह उठकर रीना को छज्जे से गोद में उठाकर अंदर ला रही है. अपनी माँ की सिसकी सुनकर रीना अचानक अपनी माँ के चेहरे को देखती है, उसका मुँह आधा ही खुला हुआ है, कुछ देर के लिए जैसे वह अपना किरदार भूल गई थी.

फिर अचानक मुन्ना और गुड्डी के रसोई में आने से उसको वापस किरदार को ना तोड़ने कि सुध आई और वह फिर अपना गला फाड़ कर रोने लगी.

मुन्ना(आँखें बड़ी करते हुए): तुमसे कित्ती बार कई है, जो अपनों मास्टरनीपना अपने स्कूल में रखे करे?? हैं?? कई है कि नई??

और वह गुस्से से कालिंदी कि ओर बढ़ने लगता है.

गुड्डी का तीर निशाने पर लगा था हमेशा कि तरह. वह कालिंदी को उसकी सरकारी नौकरी पर एक बार फिर पछताते हुए देखना चाहती है. वह अपने विजयी भाव को दबाते हुए, रीना को कालिंदी से अपनी गोद में लेते हुए कहती है: चलो बेटा नीचे चलो.

जैसे वह चाहती हो मुन्ना कही रीना के होने से नरम ना पड़ जाए.

पर रीना गुड्डी को अपनी पूरी ताकत से हाथ-पैर-नाखून तीनो का जोर आजमाकार, कुछ हाथपाई और कुछ नोचने के बाद, पलटकर अपनी माँ के गले लग जाती है.

एक माँ और एक बच्चे का रिश्ता बिना बोले सब समझने का तब से होता है, जब से माँ की कोख में बच्चे का बीज पनपना शुरू होता है.

गुड्डी हक़बका कर अपनी कुटिल तंन्द्रा से बाहर आती है.

मुन्ना, कालिंदी की ओर प्रश्नवाचक दृष्टी से देखता है, जैसे पूछ रहा हो आज तुमने कोई जबाब नहीं दिया? ना ही इस खानदान को कोस रही हो? ना ही कोई

सफाई पेश कर रही हो कि कैसे तुम्हे फिर से फंसाया जा रहा है? आज रीना भी तुम्हारी साइड ले रही है? कुछ तो बोलो?

पर कालिंदी की आँखे जबाब में सिर्फ इतना ही कहती हैं : क्या फायदा बोलकर भी?

और मुँह फेरकर रीना को थपकियां देकर उसे चुप करते हुए चुल्हे की तरफ बढ़ने लगती है.

मुन्ना, गुड्डी कि तरफ मुख़ातिब होता है:

कोई कछु बतेहे? का भओ है???

गुड्डी को काटो तो खून नहीं, उसे नहीं पता था यह दोनों कलमुंहियाँ एक हो जाएंगी और वह खुदके जाल में फंस जाएगी. वह कुछ बोल पाती, मुन्ना सुबकियां ले रही माँ -बेटी कि तरफ बढ़ता है. पेंचकस ज़मीन पर गिर जाता है, रीना को अपनी गोद में लेता है और छत की ओर बढ़ जाता है.

तौलिए से रीना के आंसू और नाक दोनों पोंछता है : चुप हो जाओ, आज हम भाप वाली बोट चलाना सीखेंगे.

रीना : पापा! बुआ हर बार ऐसा क्यों करती हैं.(सिसकते हुए)

मुन्ना : क्या?

रीना : बुआ, अम्मा, नंदू चाचा और जब दोनों बड़ी बुआ गर्मी की छुट्टी में आती हैं, सब लोग ऐसा ही करते हैं.

मुन्ना : कैसा?

रीना : जैसा आज हुआ.

मुन्ना : बताओ क्या हुआ था बेटा?

रीना : गुड्डी बुआ पहले हमारी शिकायत मम्मी से करती हैं, फिर मम्मी की शिकायत आपसे. फिर आप और मम्मी बहुत लड़ते हो. छोटू को वह चिकोटी काट कर नींद से बार बार उठा देती हैं. फिर मम्मी छोटू को चुप करने में लग जाती हैं. बुआ फिर सब लोगों से मम्मी की शिकायत करती हैं. फिर सब लोग मम्मी को नौकरी छोड़ने बोलते हैं. फिर सबकी मम्मी से लड़ाई होती है. फिर आप भी मम्मी से लड़ते हो. हमारी चोटी खींच दी थी माया ने, हम चपेटे में जीत गये थे, तो हम वहां से भाग के आ रहे थे. पर माया हमारे पीछे पीछे आ रही थी. अम्मा छज्जे पे खड़ी होके चिल्ला रही थी : " अरे जा भी अपनी मताई जैसी लड़न्कु बनहे का? जब देखो तब लड़त रैत "

मम्मी नौकरी क्यों करती हैं? कोई नहीं करता ना कोई बुआ, ना नंदू चाचा वाली चाची, ना ताई जी, ना अम्मा जी.

मुन्ना को जैसे यह सब पहले से पता था पर इस तरह से नहीं. वह स्तब्ध था कि उसकी बच्ची किस तरह निष्पक्ष होकर यह सब देखती है.

गुड्डी छत से लगे कमरे से सब सुन रही थी. वह चिल्लाकर छत पर आती है : अरे राम राम! भाभी जो सिखा रई मोड़ियों खों. हम तबई कएं जा हमें काय मार रई. हम तो हर बार बचात हैं. एखों ईकी मताई से. जैसी खुद रो रो के सबखों बुत्यात रेत वैसाई मोड़ियों खों सिखा रई.

मुन्ना : हमें सब पता हैं गुड्डी, कौन कितनो सच बोलत है और कितनो झूठ.

गुड्डी : दाऊ तुमाई लुगाई ई रीना खों नाच-गाना- नाटक सिखात तुम तो कछु कैत नइयाँ , मोड़ी खों सिखा रही के बड़ी होके हीरोइन बन हे. कबउ देखो हैं का कोनऊ करिया हीरोइन खों. हमने मोड़ी खों सही रास्ता दिखावे सच का बोल दओ सो मताई-बिटिया दोनों खों चींटा काट गये. हैं? भलाई को तो जमाना ही नइयां.

मुन्ना : गुड्डी आज हम एक सच तुम्हे भी बोल हैं, तुमाए लाजे लड़का ढूंढत 7 साल हो गए हम चारों भाइयों और 2 साढू भाइयों खों. और तुम अच्छे से जानत हो काए? पर तुम्हें कबउ नहीं कई कि तुम में कोई कमी है. हमेशा कालिंदी पे नहीं तुमोरों पे विश्वास करो. पहले तुम देखो के तुम खुद टुन-टुन होके अपने आप खों हीरोइन समझती हों और हामोरे तुमाए लाजे हीरो जैसो लड़का ढूंढ़ रहे फिर तो जा 6 साल कि मोड़ी है. बा जब बड़ी हुये तब सब समझ जेहे, तुम अपनो कूड़ा दिमाग़ दूर रखो हमारे बच्चन से. समझ में आई के नई??

पुरे मोहल्ले को पहली बार नया मनोरंजन मिला था.

मुन्ना रीना को उठा कर रसोई में वापस आया...

मुन्ना कालिंदी से : लेओ कपड़ा पहनाओ इखों. अब से अपनी रसोई अलग रेहे. नीचे वाले माले पे.

रसोई से निकलने ही वाला था वह, पर फिर पलट के बोलता है:

मुन्ना: हमें कबऊ पता चली कि जो सब तुमाओ सिखाओ पढ़ाओ आये , तो फिर हमाई और तुमाइ सिर्फ रसोई अलग ने हुए... पूरी गृहस्थी अलग हुये. समझ में आई? और मोड़ियों खों पढ़ाई लिखाई ज्यादा सिखाने हैं, नाच-गाना नई. डॉक्टर-इंजीनियर बन हे हमाई बिटियें.

कालिंदी ने कुछ जबाब नहीं दिया पर अम्मा, बाबू, गुड्डी, भैया-भाभी से रसोई अलग होने का सुकून उसके चेहरे पे साफ था.

रीना कि सिसकियाँ बंद थी, कालिंदी उसको गुलाबी फ्रॉक पहना रही थी.

रीना को बस एक बात समझ आई थी, कि उसके पापा भी उसको हीरोइन नहीं बनाना चाहते, डॉक्टर -इंजीनियर बनना ज्यादा अच्छा होता है. अब उसको बहुत

मन लगाकर पढ़ाई करनी है और डॉक्टर या इंजीनियर बनना है.

पर जब वो बड़ी हुई तब उसको समझ आया उस दिन पापा बुआ से गुस्सा जरूर थे... पर सहमत थे इस बात से कि " देखी है कबऊं करिया रंग की हीरोइन? "

8

मां महाकाली दर्शन

सुबह 11:00, 12 जुलाई 1997, सरस्वती शिशु मंदिर पटेरा

राधिका के माता-पिता और रोहित के माता पिता प्राध्यापक के केबिन में बैठे हैं, रोहित की शर्ट खुली हुई है. पेट और सीने के बीच में जबरदस्त सूजन दिख रही है.

राधिका की एक चोटी का लाल फीता खुला है और दूसरा अधलटका खुलने की फिराक में है। सामने के साधना कट (फ्रंट बैंग्स) बाल टूटे हुए छाते की तरह हर दिशा में बिखरे हुए हैं, काजल फैला हुआ है। उसकी ट्यूनिक पे रुमाल बड़ी शान से स्कूल के बैच से अब भी टका हुआ है, वह बार बार नाक सुड़कने और रुमाल से पोंछने का ढोंग करती जैसे वह रो रही हो।

रोहित की माँ दाँत में अपना घूँघट दबाये हुए बहुत खिसियाते हुए : हमाए मोड़ा खें लातन से कुचरो है आपकी मोड़ी ने, जोई या सिखात तुमोरे मास्टर-मास्टरनी अपनी बिटिया खें???

राधिका की माँ कालिंदी को ये वाक्य एक थप्पड़ की तरह लगता है। राधिका को अपने सर पे धुंआधार कुटाई के काले बादल साफ नजर आ रहे थे, बस वह मन ही मन प्रार्थना कर रही थी ये बादल यहाँ सबके सामने भले उसपे गरज लें पर कहीं बरस ना जाएँ।

इस मूसलाधार वर्षा के आसार को भाँपते हुए हरिवंश ने स्थिति को सँभालते हुए कहा : देखिये ये बच्चे हैं, होती हैं बच्चों से गलतियां, पर हम सब तो समझदार हैं। भाभी जी आपस में दोषारोपण ना करते हुए आगे से ऐसा कुछ ना हो के बावत हमें चर्चा करके हल निकलना होगा। रोहित बेटे की हालत सच में दुर्भाग्यपूर्ण है।

रोहित बेटा क्या हुआ था शुरुआत से बताओ?

अपने बेटे के प्रति सुहानुभूति देखकर रोहित के माता-पिता को थोड़ा ढाँढस बंधता है...

रोहित को समझ नहीं आता क्या बोले वो जोर जोर से अपने सूजे हुए पेट और सीने के बीच के हिस्से पे हाथ रख दहाड़ मार कर रोने लगता है।

प्राध्यापक और हरिवंश उसकी चोट का मुआयना करते हुए उसे डॉक्टर के पास ले जाने का फैसला लेते हैं।

कालिंदी : भाई साब और भाभी जी बच्ची की तरफ से मैं माफ़ी मांगती हूँ। आगे से कभी ऐसा नहीं होगा। हमारी बच्ची की पहली और आखिरी गलती समझ के उसको माफ़ कर दीजिये।

हरिवंश : जी हमारी बच्ची बिना किसी बात के इस तरह बर्ताव नहीं करेगी।

राधिका को जैसे मौका मिल गया था चौका मारने का। वह अपने पापा के पैर से लिपट के रोने लगती है।

प्राध्यापक उसके सर पे हाथ फेरते हुए पूँछते हैं बेटा चलो तुम ही बता दो क्या हुआ था। राधिका रोहित के तरफ देखती है, रोहित के चेहरे पे डर साफ दिख रहा था। राधिका को डर लग रहा था पर रोहित को डरा देख उसके थोड़े से हौसले बुलंद हुए और वो एक सांस में हमेशा की तरह अपने पापा के सानिध्य में सब बोल देना चाहती थी, पर फिर उसे याद आता है कि रोहित उसकी ही स्कूल कि मंडली का है, वैसे भी सब उस से दो दिन से चिढ़े बैठे हैं उसके ग्रुप के । वो रोते रहने में भलाई समझती है, शिकायत ना करने से शायद वो उस नुकसान की भरपाई कर पाए जो उसने अब तक उसके गैंग के प्रति किया था, और उनके साथ कल फिर से खेल पाए।

कालिंदी राधिका को गोद में उठा लेती है और घर ले आती है। राधिका चुपचाप गले से लिपटे हुए नींद लगने का नाटक करती है। क्यूंकि वो अपनी माँ की साँसो से पता लगा सकती थी कि गुस्से का गुबार अभी भी कम नहीं हुआ है कुटाई के बादल अभी भी नहीं छंटे हैं। पर वो यह भूल गई थी कि उसकी माँ उसके जनम के पहले से वो कब सो रही है और कब जाग रही बहुत अच्छे से जानती थी... तो घर पे पहुँचते ही उसको पलंग पर पटक कर कालिंदी बड़बड़ाना शुरू कर देती है : आज तो कुत्तो तुम कुचरी जेहो.....

कालिंदी किचन से कलछी लेकर उसके पीछे भागती है, राधिका का गहरी नींद का किरदार छूटे हुए रॉकेट में इच्छाधारी नागिन की तरह तब्दील होता है। वह बदहवास भाग रही है, पर सिर्फ भागना ज्यादा देर कारगर साबित नहीं होगा। उसे पता था उसकी मम्मी को सबसे ज्यादा डर और गुस्सा, घर के बाहर किसी भी बात

का तमाशा बनने से लगाता है. तभी तो उसकी मम्मी स्कूल से लेकर घर तक गोद में उठा सीने से चिपका कर चुपचाप सिर्फ उसे नहीं बल्कि अपने गुस्से को भी सहेज कर सबसे छूपाकर लेकर आई थीं। बस इसलिए वो भागकर घर से बाहर निकल जाना चाहती थी, पर अपनी मम्मी की रफ़्तार को धीमा करने के लिए उसे एक और हथियार अपनाना पड़ा वो था भोंगा फोड़ कर रोना शुरु करना और अपनी पूरी ताकत से बाथरूम वाले संकरे गालियारे से आँगन की तरफ भागना। इस हथियार ने सच में उसकी माँ को ठिठका दिया। कालिंदी अपनी हार मानते हुए झुंझला कर अपने हाथ से कलछी जमीन पे पटक दाँत पीसते हुए बोलती है: आओ रड़ो तुम घरे...बतात हैं तुमे....।

राधिका के पैरों में ब्रेक लग जाते हैं, आँगन के दरवाजे से राजदूत की गड़-गड़-गड़ कर रुकने की आवाज आती है। वह हाँफ रहीं है मुँह आधा खुला हुआ रोना कंटिन्यू करना है या नहीं ये वो तय नहीं कर पा रही थी, उसके सुपर हीरो पापा की एंट्री होने वाली है। अब उसे मम्मी से डरके मोहल्ले में कहीं छुपने की जरुरत नहीं थी, पापा तो उसका ही साइड लेंगे हमेशा की तरह.... पर वो मम्मी और पापा के बीच झगड़ा भी नहीं होने देना चाहती है , इसलिए वह फटाफट अपना आधा खुला मुँह बंद कर अपने चेहरे के भाव बदल, उलटे पैर घर के अंदर जाने का साहस जुटाने लगती है। वह देहलीज पर एक पैर रखके चौकन्नी निगाहों से शिकारी मम्मी के आस पास ना होने का मुआयना कर रही है।

तभी हरिवंश उसे गोद में उठाते हुए बोलता है : चलो मुँह हाथ धो और कपड़े बदलो। उधमसिंह बनती जा रही बिलकुल।

राधिका मुँह लटका के आँखें नीचे किये हुए है पर वो जैसे इसी पल का इंतजार कर रही थी, अपने हिस्से की कहानी अपने तरह से सुनाने के लिए जिसमें सुनने वाले को कभी उसकी गलती लग ही नहीं सकती :

पापा हम उधम नहीं करते, वो रोहित और.....

सुबह 8:00, 12 जुलाई 1997, सरस्वती शिशु मंदिर पटेरा.

बच्चे स्कूल के बरामदे मे टाटपट्टीयों पर बैठे हैं. सुबह की प्रार्थना की तैयारी.

स्कूल यूनिफार्म सफ़ेद शर्ट नेवी ब्लू टयूनिक लाल बेल्ट लाल मोज़े काले जूते लाल फ़ीते 2 चोटियां

राधिका के पीछे उसी की गैंग का एक सदस्य रोहित पटेल बैठा जिसकी कल बहुत धुनाई हुई थी. राधिका मॉनिटर जो बनी थी एक दिन के लिए. उसने बड़ी ही ईमानदारी के साथ अपना कर्त्तव्य निभाया था। कक्षा मे आचार्य जी के आने से पहले जिसने भी उधम किया था सभी के नाम अपनी कॉपी के पिछले पन्ने पर

लिख कर दे दिए थे आचार्य जी को. चाहे वह उसके खुद के ही गैंग के क्यों ना थे.

पूरा गैंग उस से चिढ़ा बैठा था.

प्रार्थना शुरू हो जाती हैं " करगरे वस्ते लक्ष्मी करमध्ये सरस्वती, करमुलेत गोविंदा, प्रभाते करदारशणम..... "

सभी के हाथ जुड़े हुए हैं और आँखे बंद है, राधिका भी जोर जोर से प्रार्थना गाने मे मगन हैं तभी उसको अपने पीठ पर कुछ महसूस होता हैं और उसके गैंग के सारे नमूनों की खी खि करके हसने की आवाज आती है.

वह अपना एक हाथ अपनी पीठ पर फेरती है उसके हाथ मे एक कागज का टुकड़ा आता है, वह प्रार्थना गाते गाते अपनी एक आँख को खोल कर कागज को देखती है, यह पेपर से कटी हुई एक महाकाली माँ की तस्वीर थी जिस पर उसका नाम लिखा था....

रोहित एंड गैंग की हंसी तेज़ और ओवरकॉन्फिडेंट हो गई थी, सब बस अब एक बार राधिका को डरा और जलील हुआ देखना चाहते थे जैसे...

पर अगले ही पल कुछ ऐसा हुआ की सबकी हंसी सबके मुँह मे ही दफ़न हो गई थी....

राधिका जीभ निकालकर महाकाली के पोज़ मे रोहित के सीने पे पैर रख के खड़ी थी, रोहित को उसके पैर से सीने पे चोट ज्यादा लगी थी या दिमाग़ पे वह उसके हक्की बक्की फटी हुई आँखों से समझ नहीं आ रहा था.

राधिका ज़ोर से चिल्लाती है: ले हो गए दर्शन हैं?? अच्छे से दीदे फाड़ के कर दर्शन.... उसके सीने पे बार बार जोर से पैर पटकती है....

अचानक पूरी प्रार्थना सभा मे हड़कंप मच जाता हैं सभी लोग राधिका को पेट से पकड़ कर रोहित को बचाते हैं. पर जैसे सच मे माता आ गई थीं राधिका में.... वह काफ़ी देर तक चीखती है.. " अच्छे से दर्शन हुए की नहीं.... कि और कराएं?? हैं?? बोलो? छोडो हमें?"

दोपहर 12:30, 12 जुलाई 1997, राधिका का घर

कालिंदी रसोई से सारा किस्सा सुन रही थी, वो हरिवंश और राधिका के लिए थाली में खाना लेकर आती है, हरिवंश और कालिंदी की आँखें मिलती हैं और दोनों की हँसी निकल पड़ती है। राधिका भी थोड़ा झेप कर, इस हँसी का कारण बिना समझे ही दोनों के साथ हँस देती है। उसे डाँट या मार पड़ने की जगह उसके माता-पिता हँस रहे थे वह भी साथ में ! इससे अच्छा सुखद इत्तफाक क्या हो सकता था।

हरिवंश एक छोटी सी चपत राधिका के गाल पे रसीद करता है, और एक बार और व्यंगात्मक पुष्टि करने के लिए पूँछता है: तो काली माता तुम्हारे अंदर आईं

कैसे बेटा?

राधिका : रोहित ने काली माता की फोटो पे हमारा नाम लिख दिया था इसीलिए काली माता हमारे अंदर आ गईं थीं।

कालिंदी और हरिवंश फिर ठहाके मार के हँसने लगते हैं। हरिवंश राधिका को अपने साथ खाना खिलाता है, और प्यार से उसे अपनी गोद में बिठा के समझाता है :

बेटा सारे देवी देवता हमारे अंदर ही रहते हैं। कोई भी आगे से आपको काली माँ बुलाएगा तो बुरा नहीं मानना है, बल्कि खुश होना है, क्यूँकी पुरे ब्रह्माण्ड में देवों के देव महादेव शिव जी अगर किसी भी देव या देवी की शक्ति के आगे झुके थे तो वह सिर्फ माँ महाकाली हैं, तो जब भी तुम्हे कोई महाकाली कहे तो समझ जाना कि वो आपको सबसे ताकतवर बोल रहा है। और जब कोई आपको स्ट्रॉन्ग बोल रहा है तो आप उसको थैंक्यू बोलोगे ना कि उस से झगड़ा करोगे या उसकी पिटाई। प्रॉमिस करो?

छुटकी सी राधिका ने प्रॉमिस कर अपने दिमाग़ में यह बात डाल ली और उस रात अपनी दादी से माँ महाकाली की सारी वीरगाथाएँ जैसे रक्तबीज एवं शुम्भ-निशुम्भ वध सुनी.....

अब उसे एक देवी होने का जिम्मा मिल चुका है .... अब वह समझदार घमंडी देवी बन गई है ...

9

सांवली राधा और गोरे कृष्ण

राधिका का घर, 10 अगस्त 1999, पटेरा

शाम के 4:17 बज रहे हैं, 10 वर्षीय राधिका स्कूल से वापस अपने घर पहुंच कर अपना बस्ता और एक पॉलिथीन बैग को गुस्से से जमीन पर पटकती है उस पॉलिथीन बैग से एक गोल्डन मुकुट गिरकर दरवाजे के बीच में जा गिरता है। राधिका उस मुकुट को रौंदते हुई अंदर पलंग पर जाकर भांए-भांए करके रोने लग जाती है।

राधिका के घर की छत, 7 अगस्त 1999, पथरिया

राधिका और उसकी एक सहेली मेघा दोनों क्रमशः एक भजन पर राधा- कृष्ण बनकर डांस की प्रैक्टिस कर रही हैं। राधिका कभी अपने कंधे उचकाती कभी अपने पैर से एक के बाद एक थिरक रही है। मेघा से डांस करते नहीं आता है, पर वह बहुत उत्साहित है कि वह इस डांस में हिस्सा लेगी, जिसमें उसे कृष्ण जी बनकर एक ही स्थान पर खड़े रहना है, और अंत में राधा की मटकी चुराकर भाग जाना है। राधिका राधा बनकर उसके चारों तरफ डांस कर रही है। भजन में राधा जी शिकायत कर रही है कि मेरी माखन भरी गगरी से दूर रहो और मुझे परेशान मत करो कृष्ण, वरना यशोदा मैया से तुम्हारी शिकायत करुंगी।राधिका की मां ने यह भजन उन्हें एक कागज पर लिखकर दिया है, और साथ ही कोरियोग्राफ करने में भी मदद की है।

भजन है-

डोंट टच माई गगरी मोहन रसिया....

पटेरा जैसे छोटे गांव के लिए यह एक बहुत मॉडर्न भजन है, क्योंकि उसमें इंग्लिश के बोल डाले गए हैं, और नन्ही राधा डांस करते हुए इसे और भी आकर्षक बना रहे हैं।

तीन दिन बाद सरस्वती शिशु मंदिर विद्यालय में सिलेक्शन प्रतियोगिता है जो उसमें सिलेक्ट होगा उसका डांस 15 अगस्त को पटेरा के इंटर स्कूल कांप्टीशन में भेजा जाएगा।

तीन दिन लगातार खाने-पीने, खेलने, पढ़ने-लिखने सब की सुध-बुध खोकर राधिका अपने डांस की प्रैक्टिस करती है।

बार-बार अपने स्टेप्स को रिहर्स करके, एक्सप्रेशंस को सही करके और अपनी मां को बार-बार अपना पूरा डांस दिखा के राधिका मन ही मन बहुत उत्साहित है क्योंकि उसके युद्ध की तैयारी पूरी हो चुकी थी। राधिका अब सिर्फ सिलेक्शन वाले दिन का इंतजार कर रही है।

वह अपनी मां के साथ बाजार जाकर गोल्डन मुकुट, मुरली, गजरे, लहंगा, बाल चोटी एवं आलता यह सब खरीद कर लाती है, और सिलेक्शन वाले दिन के लिए सहेज कर एक पॉलिथीन बैग में सारा सामान रख लेती है। उसकी मां और पिता ने मिलकर बांसुरी एवं गगरी बहुत सुंदर सजा दी है।

उसके दादी-दादा, बड़े पापा-बड़ी मम्मी, उसके कजिन भाई-बहन सब उसके इस उत्सव में भागीदार हैं, और वह सब भी उसके सिलेक्शन वाले दिन का इंतजार कर रहे हैं।

राधिका का स्कूल, 10 अगस्त 1999, पथरिया

अध्यापिका सरिता सभी प्रतियोगियों को बैकस्टेज उनका क्रमांक बता रही हैं कि किसको जज के सामने किस नंबर पर परफॉर्म करना है।

राधिका अपनी बारी का बड़े उत्साह से प्रतीक्षा कर रही है, जैसे वह यह जानती हो की सिलेक्शन तो उसका ही होगा। मानव जीवन की यही गहरी सच्चाई है जब वह अपनी तरफ से पूरी तैयारी कर लेता है तो वह कोई भी प्रतियोगिता जीत चुका होता है। अगर हमारी तैयारी हमने पूरे तरीके से नहीं की है, तभी जाकर संशय, पछतावा और निराशा जैसे भाव मनुष्य को घेरते हैं।

राधिका और मेघा एक लास्ट रिहर्सल करती है, और उनका नाम अनाउंस होता है। दोनों ने बहुत ही कॉन्फिडेंस से पूरा परफॉर्मेंस दिया। सारे जज लगातार तालियां बजा रहे हैं। सभी ने दोनों को बहुत शाबाशी दी।

सारे डांस परफॉर्मेंस के बाद बैकस्टेज आकर अध्यापिका दोनों से बताती है:

बेटा तुम दोनों का डांस सेलेक्ट हो गया है बस राधा मेघा बनेगी और राधिका तुम कृष्ण बनोगी।

राधिका का चेहरा मुरझा जाता है। उसका सारा उत्साह छूमंतर हो चुका है।

मेघा: मैम मुझे डांस करते नहीं आता।

अध्यापिका: अरे इतने सिंपल स्टेप्स तो हैं तुम कर लोगी, और अभी 5 दिन बाकी है प्रैक्टिस कर लो, बन जाएगा।

राधिका: मैम लेकिन क्यों? मुझे राधा बनना है मैंने पूरा डांस तैयार किया है, प्लीज मैं मुझे बनने दीजिए ना राधा।

अध्यापिका प्यार से: अरे बेटा कृष्ण जी सांवले थे इसीलिए तुम कृष्ण जी बनो और राधा गोरी थी इसीलिए मेघा को राधा बनने दो।

यह बोलकर अध्यापिका वापस बैकस्टेज से बाहर चली जाती है। चौथी क्लास की एक बच्ची को यह रंग रूप का खेल समझ नहीं आता है।

राधिका की आवाज गले में ही रुंध गई जो कहना चाहती थी की कृष्ण जी को तो डांस ही नहीं करना है, मैं ही राधा बनूंगी।

वह चुपचाप अपने रोने की मंशा को दबाकर कपड़े चेंज करती है, और छुट्टी होने पर घर की तरफ बढ़ जाती है।

शाम 4:30 बजे, राधिका का घर, 10 अगस्त 1999, पथरिया

राधिका का भोंगा फोड़ के रोने के कारण पूरा परिवार नीचे वाले फ्लोर पर इकट्ठा हो गए हैं। नेहा, सोनू, निधि, मनीषा, छोटू, इशू,अम्मा जी-बाबू जी, बड़े पापा-बड़ी मम्मी और उसके पापा जी

हरिवंश उर्फ मुन्ना। सबकी दोपहर वाली गहरी नींद से उठकर

इस करुण क्रंदन का कारण जानने के बावत कौतूहल से राधिका को ढांढस बंधा आखिर हुआ क्या है जानने की कोशिश कर रहे हैं।

मुन्ना ने से अपनी गोद में बिठाया और उसके आंसू पोंछ, पानी पिलाने के बाद उससे पूंछा : बेटा आखिर हुआ क्या है?

राधिका: हमको राधा बनना है... (सुबक-सुबक) मैम कृष्ण बनने बोल रही हैं। बोल रही है कि हम...(सुबक-सुबक) हम... सांवले हैं... इसीलिए हमें कृष्ण बनाएंगी और..(सुबक-सुबक) और... मेघा को राधा बनाएंगे.(सुबक-सुबक)sss।

आधे परिवार की हंसी छूट जाती है लेकिन मुन्ना बहुत ही संजीदगी के साथ राधिका से प्रॉमिस करते हुए बोलता है:

मुन्ना: अरे ऐसे कैसे तुम्हें राधा नहीं बनने देंगे सब बनने देंगे चलो बेटा मुंह हाथ पैर धो तैयार हो स्कूल चलते हैं तुम्हारे।

जैसे ही ये शब्द राधिका के कान से टकराए वैसे ही उसके रोने का बटन ऑफ हो चुका था। वह जानती थी कि अब हीरो पापा उसके तरफ हैं तो वह दुनिया की कोई भी जंग जीत सकती थी।

शौकिया नीले रंग की बॉबी राजदूत(बॉबी पिक्चर में ऋषि कपूर के इस मॉडल को चलाने के कारण इस मॉडल का नाम बॉबी राजदूत है) चलाने वाले पापाजी उसके लिए किसी सुपर हीरो से कम नहीं हैं।

नागराज, डोगा, सुपर कमांडो ध्रुव, तिरंगा, परमाणु यह सारे कॉमिक्स पत्रिकाओं के सुपर हीरो एक तरफ और उसके सुपर हीरो पापा जी एक तरफ। वह फटाफट आंसू पोंछ मुंह धो के तैयार हो जाती है।

पापा की बॉबी राजदूत पर आगे पेट्रोल की टंकी पर शान से बैठ राधिका और उसके पापा जी निकल पड़ते हैं उसके स्कूल की तरफ।

स्थानीय राजनीति में मुन्ना का बहुत रौब चलता है इसीलिए स्कूल पहुंचते ही सारे अध्यापकों और प्रधानाचार्य मुन्ना का स्वागत बड़े कौतूहल से किया कि आखिर उसके बिना बताए आने का कारण क्या है?

प्रधानाचार्य: अरे मासाब कैसे आना हुआ आपका सब ठीक तो है।

मुन्ना: कुछ नहीं बिटिया के कारण आना पड़ा।

प्रधानाचार्य पियून से: माधव जाके चाय पानी लेकर आ।

बोलिए मासाब क्या सेवा करूं। आज तो बिटिया ने बहुत अच्छा डांस परफॉर्म किया था।

मुन्ना: उसी के चलते बात करनी थी आप लोगों से। सरिता मैम ने मेरी बच्ची से कहा है कि वह राधा नहीं बन सकती क्योंकि वह सांवली है तो उसे कृष्ण ही बनना पड़ेगा।

यह सुन प्रधानाचार्य को काटो तो खून नहीं।

प्रधानाचार्य थोड़ा घिघिआते हुए: मुझे इसकी जानकारी नहीं है मुझे बस इतना पता है कि राधिका का डांस इंटर स्कूल कंपटीशन के लिए सिलेक्ट हुआ है। मैं अभी सरिता जी को बुलाता हूं।

सरिता जी कटघरे में आकर खड़ी हुई है उन्हें समझ नहीं आ रहा कि वह क्या जवाब दें।

प्रधानाचार्य ने स्थिति को समझते हुए सीधे शब्दों में मुन्ना की तरफ मुखातिब होकर कहा: सरिता जी से गलती हो गई है और आप मेरा आश्वासन समझिए या आपका आदेश, राधिका ही राधा बनेगी 15 अगस्त के इंटर स्कूल कंपटीशन में। राधिका बेटा आगे से ऐसा कुछ भी हो तो आप मेरे पास आओगे। ठीक है।

थोड़ा चाय नाश्ता और स्थानीय राजनीतिक बातें करने के बाद मुन्ना राधिका के साथ प्रधानाचार्य से विदा लेता है।

बाबी राजदूत पर पुनः राधिका शान से अपने सुपर हीरो पापा जी के साथ राधा बनने के ख्वाब देखते हुए वापस घर आती है।

10

ब्लैक एंड व्हाइट टीवी

6th फरवरी 20011, एस. वि. आई. टी. एस., जबलपुर

कैकई एक महान योद्धा थी, युद्ध में दशरथ जी के प्राण बचाने पर दशरथ जी ने उन्हें दो वरदान दिए थे।

राधिका की तंन्द्रा टूटती है, नेहा उसको डेस्क से उठाने उसका हाथ पकड़ कर खींच रही है...

नेहा : स्किट ऑडिशन शुरू हो गए, चलो अपना पूरा ग्रुप वेट कर रहा है.

राधिका उठ कर उसके साथ ऑडिशन रूम कि तरफ चल देती है. पर उसके दिमाग़ में बार बार एक ही चीज आती है, वो ये करना चाहती है या सिर्फ कूल बनने कि कोशिश कर रही है?

पता नहीं वरुण के बोले हुए शब्द दीमक की तरह उसके दिमाग को अंदर से खा रहे हैं "कैकई! वाह बहुत बढ़िया रोल चुना है, तुमने खुद के लिए!"। उसे नहीं समझ आ रहा उसने त्रिजटा और कैकई का रोल खुद के लिए क्यों चुना है? उसका वो काली राधा वाला रुतबा किधर गया? क्या वो अपने जहन में दुनिया की दकियानुसी स्वीकार कर चुकी है? उसने खुद को सीता का या राम का या लक्षमण का पात्र क्यों नहीं बनाया था जिनका चरित्र दैवीय था?

नेहा : राधिका ध्यान किधर है तेरा?

राधिका के हाथ से डायलॉग प्रिंट्स को टेबल पर पड़े पानी से बचाते हुए नेहा ने पूछा। राधिका को अरोड़ा दूर से मुस्कुराते हुए उसी की तरफ आते हुए दिखा, छह फ़ीट लम्बा और मक्खन की तरह चमकता हुआ अरोड़ा। राधिका के लिए एक तसल्ली का नाम है अरोड़ा, दोनों ने इस बारे में कभी बात नहीं की पर पूरे कॉलेज को लगता है कुछ चल रहा है दोनों के बीच। राधिका के मन की छटपाटहट जाती

रही, उसकी छोटी सी नाक के दोनों तरफ दो गुलाबजामुन साफ उभर आये हैं।

अरोड़ा : तुम लोगों का ऑडिशन हो गया?

नेहा : नहीं।

अरोड़ा : बाकी सब लोग कहाँ हैं तुम्हारी मॉडर्न रामायण के, सब बहुत बात कर रहे इस बारे में।

राधिका : सब ऑडिटोरियम में बैठे हैं, हम वहीं जा रहे। तुम्हारे हाथ में क्या है?

अरोड़ा : मम्मी ने लंच भेजा था, मुझे लगा तुम फ्री हो गयी होगी।

राधिका के दिमाग से "मैं हूँ कैकई" वाला भाव अब "परी हूँ मैं" के भाव में बदल चुका है। कितना जरुरी है सकारात्मक लोगों का आपके आस पास होना जब आप खुद अपने आप से प्यार करना भूल जाते हैं तब वे आपको फिर से आत्मविश्वास से भर देते हैं। नेहा उसकी कमर पे अरोड़ा की आँखों से बचा के चिकोटी काटकर आगे बढ़ती हुई कहती है: मैं ये डायलॉग प्रिंट्स सबको देती हूँ, तुम लोग लंच करके आ जाओ। ऑडिशन के टाइम मैं कॉल कर दूँगी।

अरोड़ा झेंप कर दूसरी तरफ देखता है, राधिका भी अपने बैग में कुछ टटोलने का नाटक करती हुई अपने लाल गाल छुपाने की कोशिश करती है।

अरोड़ा : क्या ढूंढ रही हो?

राधिका : थोड़ा सा दिमाग़ नेहा के लिए। (हँसते हुए)

अरोड़ा : क्यों?

राधिका : गधी को लगता है की हम दोनों के बीच कुछ चल रहा है।

अरोड़ा चुटकी लेते हुए : अच्छी बात है ना?

राधिका फिर से अपने गालों के गुलाबजामुन को छुपाने की पूरी कोशिश में अपने बैग में कुछ टटोलने लगती है।

अरोड़ा उसको सीढीयों की तरफ चलने का इशारा करता है, ये बहुत सारे ग्रुप्स का फेवरेट लंच स्पॉट था।

अरोड़ा : मैंने सुना है एक दूसरा ग्रुप मॉर्डन महाभारत जैसा कुछ परफॉर्म करने वाला है।

राधिका : हाँ। पर क्या फर्क पड़ता है। हमारा वाला ज्यादा अच्छा है। (अपने बाल कंधे से पीछे झटक कर इतराते हुए)

अरोड़ा अपना सर हिलाते हुए मुस्कुराता है जैसे अपनी हामी भर रहा हो कि हाँ तुम बेस्ट हो और हर चीज जो तुम करती हो बेस्ट है। राधिका भी जवाब में आधी कतराती हुई तिरछी मुश्किल से भरी मुस्कुराहट से अपने बेस्ट होने का कुछ श्रेय अरोड़ा को देना चाहती है।

दोनों बतियाते हुए समझने की कोशिश कर रहे थे कि खाना इतना स्वादिष्ट है या ये साथ। राधिका को हमेशा से पॉपुलर होना पसंद है, वो बचपन से अपने रास्ते खुद बनाते हुए आई थी। इसीलिए चाहे स्पोर्ट्स हो, पढ़ाई हो, स्कूल हो, कॉलेज हो, फैकल्टीस हो, हॉस्टल हो या एक्स्ट्रा करिक्युलर एक्टिविटीज हो वो अपनी एक अलग पहचान हमेशा बना ही लेती थी। अरोड़ा इसके बिलकुल अपोजिट था, वो तब ही बात करता था जब जरुरत हो। वो कई बार राधिका के सोशल बटरफ्लाई पर्सनालिटी के कारण असहज महसूस करता है, पर शायद धीरे-धीरे उसके शर्मीले स्वाभाव का लोगों को उसकी अकड़ समझने की गलतफहमी दूर होना उसे अच्छा लगने लगा है। और इसका पूरा श्रेय वो राधिका को देता है।

दोनों लंच ख़त्म करके ऑडिटोरियम की ओर चल पड़ते हैं हैं, वहाँ से गुजरते समय राधिका कुछ ऐसा सुनती है जो उसके "परी हूँ मैं..." के आत्मविश्वास को चूर-चूर कर देता है। कुछ लोग दबे स्वर में ताने कस रहे थे "आ गई ब्लैक एंड वाइट टीवी...।"

राधिका हमेशा की तरह आदतन इस फब्ती का असर अपने अंतर्मन के उस कोने में डाल देती है, जिसके बारे में कोई नहीं जानता... वह सोने से पहले अपने सिरहाने घंटों इस अंतर्मन के अँधेरे कोने में बैठी रहती है... यहाँ ऐसी कई तानों और छींटाकशियों का अंधेरा इकठ्ठा हो कर एक पूरा अंधेरा कुआँ बना चुका है। अंदर इतना गहरा अंधेरा पर बाहर मजाल है कि उसके चेहरे पर शिकन भी आजाए। वो इन अंधेरों के चित्रों में अंकित लोगों के चेहरे-नाम-जगह-कारण इत्यादि बहुत सारी जानकारी सहेज के रखती थी। जैसे एक उसे आई आई टी की कोचिंग के दौरान एक लड़के ने उसे कहा था कि : "तुम खूबसूरत हो पर सुन्दर नहीं हो। हर लड़का अपनी लाइफ में एक सुन्दर लड़की चाहता है।"

हर बार पानी में एक कंकर फेंकने से उठी लगातार लहरों के जैसे इस तरह के हजारों अँधेरे भरे चलचित्र और आवाजें उसके मन में जीवंत हो उठते हैं।

हालांकि अपने चेहरे पर बिना कोई भाव लाए मौकाए वारदात पर उसके अंतर्मन का कुछ सेकंण्ड्स में इस जानकारी का अध्ययन कर इसे अपने मन में अंकित कर लेना एक कठिन हुनर है। जैसे अभी वह जानती है कि ये मॉर्डन रामायण या मॉर्डन महाभारत में से सिर्फ एक ही चुना जाएगा और इन तानों का सीधा ताल्लुक दूसरी टीम का डर है, जो अपने आप में उसकी टीम की जीत की शुरुआत है। पर कुछ अंधेरा भी उसके मन के कोने में जा जुड़ा है जिस से वह रात में अपने सिरहाने मिलेगी, पर अभी तो उसे अपने वंडरवुमन के करैक्टर को मेन्टेन करना है, अपने और अपनी टीम के लिए।

मॉर्डन रामायण की पूरी टीम स्वागतातुर आँखों से राधिका का अभिनन्दन करती है। अरोड़ा सभी की हौसलाफजाही कर, राधिका को शाम में कॉलेज के बाद कण्ट्रोल सिस्टम पढ़ाने के लिए बोलता है। राधिका अपनी आँखों में एक बनावटी चमक से अपने अंदर के सकारात्मक बनाम नकारात्मक द्‌वन्द को अंदर ही रख बड़ी आसानी से हामी में सर हिला देती है।

नेहा उस के बगल में बैठ शरारत से उसके कान में फुसफुसाती है : कभी हमें भी पढ़ा दो कंट्रोल सिस्टम।

राधिका उसके कान में फुसफुसाती है : वरुण जैसे खटमलों से फुर्सत किधर थी तुम्हें ।

दोनों खि खि करके हँस पड़ती हैं।

ऑडिशन ख़त्म होता है। पूरी टीम ने बखूबी अपने पात्र निभाए।

बस में बैठ हॉस्टल की तरफ जाते हुए सब एक दूसरे के पात्रों का मज़ाक उड़ा रहे हैं। ये इतना उत्साह इसलिए है क्यूंकि पहली बार किसी जूनियर ग्रुप ने अपने सीनियर ग्रुप को एक्स्ट्रा करिक्युलर एक्टिविटीज में टक्कर दी थी जिनमें फर्स्ट ईयर से ही उनकी मोनोपोली चली आ रही थी।

पर राधिका खिड़की से अपना सर टिका अपने मन के उस अँधेरे कोने में पहुँच जाती है, जहाँ उसे बार-बार अरोड़ा और उसकी जोड़ी को ब्लैक एन्ड वाइट टीवी के तानों से नवाज़ा जा रहा है।

अरोड़ा और उसका परिवार, राधिका को कभी घर से दूर होने का अहसास नहीं होने देते थे। उसकी मम्मी कई बार राधिका को बहू की तरह छोटी-छोटी चीजें गिफ्ट करती रहती थीं। राधिका को यह सारा लाड-प्यार, घूमना-फिरना, साथ में पढ़ना-पढ़ाना, भविष्य के सपने देखना कितना अच्छा लग रहा था आज तक.... पर ना जाने क्यूँ अब आँखें बंद करने पर अरोड़ा उसे एक सुपर हॉट दूल्हे के लिबास में दिखता और वह खुद उसके बाजु में स्टेज पे कैकई के राक्षसी रूप में बहुत सारा श्रृंगार करे हुए दिखाई देती है। पूरी दुनिया उसपे हँस रहीं है। उसे जीवन भर लोगों की हँसी का पात्र नहीं बनना, वो अरोड़ा के साथ दो सालों में जीवन के सोचे हुए सारे सुनहरे सपनों को एक झटके में तोड़-मरोड़ कर फेंक देती है।

अरोड़ा शाम को कॉल करता है, पर वो तबियत ठीक नहीं है का बहाना बना कर उस से मिलने से मना कर देती है।

राधिका के दिमाग में कॉलेज का नेटवर्क इतना क्लियर एंड स्ट्रांग था कि उसे हमेशा पता होता था कि कॉलेज में अगर किसी तक कोई बात पहुँचानी है तो किन कबूतरों के सामने क्या और कैसे बोलना है, बस वो बिना "कबूतर जा जा..." बोले

ही चिट्ठी सही इंसान के पास पहुँचा देते थे।

दूसरे ही दिन कॉलेज पहुँच के उसने अपने और अरोड़ा के साथ से जलने वाली तीन महान कबूतर लड़कियों के आगे वाली डेस्क पर नेहा के साथ बैठ गई। फिर मौका देख कर नेहा जब लंच टाइम क्लास में नहीं थी तब फ़ोन पे ऐसे नाटक किया जैसे उसे याद नहीं है की वो तीनों उसकी बात सुन सकती हैं :

नेहा समझ ना! मैं नहीं करती अरोड़ा को पसंद, मुझे हमेशा से कोई और पसंद है.... सब लोग तरह तरह की बातें करते हैं मेरे और उसके बारे में। तो मुझे नहीं करना उसके साथ लंच तुम लोग कैंटीन में लंच करो मैं क्लास में ही लंच कर लेती हूँ।

तीसरे दिन तक अरोड़ा तक बात पहुँच चुकी थी, इन तीन दिनों में राधिका का अरोड़ा को लगातार इग्नोर करने वाला रूखा व्यहार व दूसरे लड़कों से ज्यादा बात करना इस अफवाह पर मुहर लगा चुका था। ना तो अरोड़ा ने ज्यादा कुछ पूँछा और राधिका ने ना ही कुछ बताया। नेहा से एक बार बहस हुई राधिका की, पर नेहा को ये बोल कर चुप करा दिया राधिका ने कि : वह ब्राह्मण है मैं कायस्थ हूँ कोई फ्यूचर नहीं है हमारा, मेरे पेरेंट्स ऑर्थोडॉक्स हैं। तो अभी से डिस्टेंस सही है।

नेहा ने अपना सर पटक लिया पर राधिका को वो जानती है, जो सोच लेगी वहीं करेगी तो भैंस के आगे बीन बजाने से कोई मतलब नहीं।

घमंडी लड़कपन था या समाज की क्रूरता का भय या नकारात्मक अंधेरों की जीत या काली राधा अपने आपको अब कैकई/त्रिजटा मान चुकी थी.... जो भी था राधिका को खोखला महसूस हो रहा था,अब सिर्फ आत्मविश्वास का मुखौटा था.... आत्मविश्वास नहीं, और एक ग्लानी... वो अरोड़ा से अब नजरें नहीं मिलाती थी।

11

श्रापमुक्त! (मेंढकी से राजकुमारी)

राधिका मुंबई आकर अपने रूटीन में व्यस्त हो जाती है

राधिका अपने ऑफिस डेस्क पर बैठी हुई है l वह बार-बार अपना ध्यान अपने काम पर लगाने की कोशिश कर रही है पर उसका ध्यान बार बार उसकी फोन स्क्रीन पर जाकर अटक जाता है l वह बस अर्जुन से बात करना चाहती है पर अपने मन को यह समझा कर रोक लेती है जब उसके खुद के माता-पिता उसको नहीं समझ पाए तो अर्जुन के माता-पिता या अर्जुन क्या समझेगा l कहीं ना कहीं उसके वजूद का घमंड उसे फोन करने से रोक रहा है वह अर्जुन के सामने एक बेचारी लड़की नहीं बनना चाहती l वह उसके सामने वैसे ही बनी रहना चाहती है जैसे वह अब तक उसे जानता है, एक पढ़ी-लिखी, मनमौजी, हंसमुख और स्वाभिमानी लड़की जिसे दुनिया वालों की सोच से कोई फर्क नहीं पड़ता l जिसे अपना ध्यान खुद रखते आता है , जो बचपन से ही स्वाबलंबी है l जो हर जगह अपनी पहचान बनाना जानती है l वह कैसे अर्जुन को बताए कि वह अपना सपना खुद से भी बोलने में डरती है l कैसे बताए वह उसको कि जिन तानों की लहरों का वह दिन में एक बहुत बड़ी कठोर चट्टान की तरह सामना करती है रात होते ही वह चट्टान तकिए की गर्मी से पिघल कर आंसू बनकर बह जाती है l

शाम 8:30, राधिका का फ्लैट मुंबई

ऐशा, राधिका की फ्रेंड और फ्लैटमेट - तुम इतने दिनों से नहीं थी तो मेरा भी वाक का रूटीन खराब हो गया चलना फिर से शुरू करते हैं l चलेगी वाक करने ?

राधिका : हां यार ऑफिस वाले बहुत मूड ऑफ कर देते हैं, चल चलते हैं आइसक्रीम भी खा कर आएंगे l

दोनों आइसक्रीम पार्लर पर अपने अपने ऑफिस की गाथा एक दूसरे को सुनाते हुए अठखेलियां करती हैं l अचानक ऐशा राधिका से पूछती है :

ऐशा : अर्जुन के क्या हाल-चाल हैं ? कब मिल रही हो उससे l फेसबुक पर उससे बात हुई थी 1 दिन l बोल रहा था ब्लू फ्रॉग डिस्क हमारे ग्रुप के बिना बहुत सूना सूना लगता है l मैंने उससे कह दिया कि ग्रुप के बिना सूना है? राधिका के बिना सूना है ?

ऐशा यह बोलकर हंसने लगती है l राधिका भी हंस देती है l

राधिका : तुम कुछ भी बकवास उसके दिमाग में मत डालो ठीक है l हम सिर्फ फ्रेंस हैं l

ऐशा उसको बोलती है

ऐशा : इतने अच्छे लड़के से तुझे क्या प्रॉब्लम है l खैर वह छोड़ , इस सैटरडे चलेंगे पार्टी करने ?

राधिका : ब्लू फ्रॉग नहीं कहीं और चलेंगे मैं बोर हो गई हूं उस प्लेस से l

ऐशा : हां ठीक है नई जगह एक्सप्लोर करते हैं इस बार l

ऐशा: बिट्टू तेरे साथ कितने दिनों से फोटो नहीं ली चल एक सेल्फी लेते हैं l

राधिका मुस्कुरा कर कहती है : जो आज्ञा मेरी सेल्फी क्वीन l

दोनों हंसते हुए अपनी आइसक्रीम सेल्फी क्लिक करते हैं और वापस घर की ओर चल देते हैं l राधिका को एक ऑफिस कॉल आ जाता है वह फोन पर बिजी है, तभी

ऐशा : यार यह फोटो तो बहुत अच्छी आई है मैं फेसबुक पर डाल रही हूं l हम दोनों बड़े क्यूट लग रहे हैं l

राधिका का ध्यान अपने ऑफिस कॉल पर रहता है , ऐशा की बात नहीं सुन पाती l दोनों घर की तरफ बढ़ जाते हैं l

राधिका खाना खाने के बाद अपने फोन में मूवी ढूंढने की कोशिश कर रही है l अचानक एक अननोन नंबर उसकी स्क्रीन पर फ्लैश होता है वह फोन रिसीव करती है और उसे उस तरफ से अर्जुन की आवाज सुनाई देती है वह तुरंत कॉल काटती है और उस नंबर को भी ब्लॉक लिस्ट में डाल देती है l उसका दिल जोर से धड़कने लगता है , उसे लगा था अर्जुन इतने दिनों में उसकी बेरुखी से नाराज हो जाएगा और खुद ही फोन करना बंद कर देगा l वह अर्जुन और खुद के फोटोस भी अपने फोन से डिलीट करना शुरू कर देती है l उसकी आंखों में आंसू हैं , एक फोटो बचा

लेती है जिसमें वह बर्थडे केक काट रही है और अर्जुन जस्ट उसके पीछे बाकी फ्रेंड्स के साथ खड़ा हुआ है l उस फोटो को गले से लगाकर वह कब सो जाती है उसे नहीं पता चलता l

तभी अचानक लगातार डोर बेल बजने की आवाज आती है l राधिका सक पका कर उठती है और डोर की तरफ जाती है, एशा भी अपने रूम से बाहर आ जाती है, दरवाजा खोलते ही राधिका के होश उड़ जाते हैं, बाहर अर्जुन खड़ा है , उसका चेहरा और आंखें गुस्से से लाल है l राधिका को सामने देखकर जोर से चिल्लाता है :

अर्जुन : तुम अपने आप को समझती क्या हो ?

राधिका : listen this is my house please behave.. ok.

अर्जुन : oh wow ! now you are teaching me how to behave ? han?

एशा: please guys ! अंदर बैठ कर आराम से बात करोl लैंडलॉर्ड घर से निकाल देगा, अर्जुन please try to understand.

एशा रूम में अंदर चली जाती है l

राधिका : व्हाई डोंट यू अंडरस्टैंड ? मैं इस इक्वेशन को आगे नहीं ले जाना चाहती l

अर्जुन : क्यों क्या हो गया अचानक से ? सिर्फ छोटे से मजाक से तुम्हारा छोटा सा इगो हर्ट हो गया , और मजाक भी क्या कि मैंने तुम्हें अपने दोस्तों के सामने अपनी गर्लफ्रेंड बोल दिया ?

राधिका : नहीं वो बात नहीं है अर्जुन तुम नहीं समझोगे....

अर्जुन : Exactly that is my point राधिका ! क्या बात है? मैं समझना चाहता हूं और इतने दिनों से सिर्फ यही समझने की कोशिश कर रहा हूं कि मैंने ऐसा क्या गलत कर दिया कि तुम मुझसे बात तक नहीं करना चाहती ?

यह कहते हुए रुआसा अर्जुन राधिका के सामने खड़ा हो जाता है और और उसकी आंखों में देखने की कोशिश करता है l पर राधिका उससे आंखें चुराते हुए , दूसरी तरफ हटने की कोशिश करती है, अर्जुन उसका हाथ जोर से खींच कर वापस अपने सामने खड़ा कर देता है -

अर्जुन : what's wrong with you राधिकाsss ?? what is stopping you? tell me ? you have no idea you are killing me by this, every single f****** moment I'm dying because I'm not able to figure out what is the problem ? I promise you just give me the right reason and I'll f*** off from here I will never going to bother you again!

राधिका : मुझे नहीं बताना कोई reason जाओ यहां से तुम l

अर्जुन राधिका के दोनों हाथों को पकड़ कर खींच के दीवार से सटा देता है , और दांत पीसते हुए बोलता है

अर्जुन : क्या हो गया तुम्हें , तुम वह राधिका हो ही नहीं जो मेरे साथ 2 महीने थी, उसको ना तो किसी चीज का डर था और ना किसी चीज की परवाह थी l तुम कोई और हो, बोलो कौन हो तुम? कौन हो तुम ? या यह तुम्हारी असलियत है बोलो ?

राधिका का सब्र टूट जाता है , वह गुस्से से चिल्लाकर बोलती है -

हां यही है मेरी असलियत l मैं सिर्फ कूल बनने का दिखावा करती हूं मैं नहीं हूं कूल l तुम क्या मेरी असलियत बताओगे? मैं अपनी असलियत बचपन से जानती हूं सब मुझ से नफरत करते हैं, और मैं भी अपने आप से नफरत करती हूं l जानना चाहते हो क्या reason है तो सुनो - मुझे बचपन से बताया गया है कि मैं बदसूरत हूं, एक बीमारी की तरह देखा गया है मेरे काले रंग को l लोग क्या मेरे अपने मम्मी पापा शादी के रिश्ते वालों को मेरा काला रंग है बीमारी की तरह बताते हैं l मेरा सपना एक्ट्रेस बनना था , लेकिन 8 साल की बच्ची को यह समझा दिया गया था कि कभी देखी है क्या काले रंग की actress टीवी पर l क्या देखा था तुमने अपने दोस्तों का रिएक्शन जब तुमने उनको मजाक में मुझे अपनी गर्लफ्रेंड बताया था , सब जैसे पूछ रहे हो इस काली कलूटी में क्या देखा तुमने ? सब मुझे सिंपैथी के साथ बोलते हैं कि अगर मैं गोरी होती तो सुंदर होती l जब हम दोनों आर्ट गैलरी घूमने गए थे कैनवस से ज्यादा मैं ने लोगों की आंखों में हम दोनों को साथ देख कर नफरत के भाव साफ देखे थे जैसे कह रहे हो कि ब्लैक एंड व्हाइट टीवी की जोड़ी है या लड़के की किस्मत खराब है l मुझे बचपन से ही विश्वास करा दिया गया है कि कोई भी लड़का मेरे रंग-रूप से कभी प्यार नहीं करेगा, और मुझे अपनी बदसूरती के कारण बाकी नॉर्मल लड़कियों से ज्यादा मेहनत करनी पड़ेगी l और इसीलिए मैं अपनी लगभग सारी सैलरी सिर्फ अच्छा दिखने के लिए खर्च कर देती हूं l तुम भी शायद मेरे कपड़े, जूतों, हेयर स्टाइल और मेकअप के छलावे में आ गए, असलियत में मेरा शरीर बहुत ही बदसूरत है l

हां ! मुझे अच्छे लगते हो तुम , लेकिन मैं तुमसे दूर भाग जाना चाहती हूं l क्योंकि तुम्हारा साथ मुझे सुकून से ज्यादा हर वक्त जिल्लत देगा, लोग तुम्हारे साथ देखकर मुझे हर पल यह याद दिलाएगा कि मैं कितनी बदसूरत हूं l

अर्जुन की आंखें गुस्से से और भी ज्यादा लाल हो चुकी हैं, राधिका के चुप होते ही वह अचानक ठहाका लगाकर हंसता है और ताली बजाने लगता है उसकी आंखों से आंसू गिर रहे हैं -

अर्जुन हंसते हुए : वाह जज साहिबा वाह तुमने तो बिना दलीले सुने ही फैसले सुना दिए l तुम मुझे यहां से भगाने के लिए एक्टिंग तो नहीं कर रही l अगर यही सही कारण है तो तुम जैसी बेवकूफ लड़की मैंने अपनी लाइफ में कभी नहीं देखी l मैं तुम्हें पहले दिन से प्यार नहीं करने लग गया था बल्कि तुम्हारी खूबसूरती पर फिदा हुआ था तुम्हारी मेल्ट चॉकलेट जैसी चमकती स्किन, हिप्नोटाइज करने वाली आंखें, प्लंप लिप्स, काले घने कमर तक लंबे बाल और बच्चों जैसी छोटी नाक पर अपनी खूबसूरती का बड़ा सा गुमान l पहली बार जब तुम्हें टैक्सी में देखा था, मैं रियर मिरर से अपनी आंखें नहीं हटा पा रहा था l उतर कर जब तुम टैक्सी का दरवाजा लगा रही थी तो तुम्हारे perfect hour glass figure को देखकर मेरी आंखें खुली की खुली रह गई थी l मैं काफी देर तक सोचता रहा कि किसी की बॉडी इतनी परफेक्ट भी हो सकती है ? तुम्हें जानने से पहले, कई रातें मैंने तुम्हारे कपड़े उतार कर तुम्हें हर तरह से छूने वाले ख्वाबों में निकाली है l अब भी देखता हूं, पर अब उनमें कई नए ख्वाब जुड़ गए हैं l जैसे तुम्हारे साथ पूरी दुनिया घूमना, तुम्हें अपने दिल की बात कैसे बताऊंगा, अपनी मां से कैसे मिलाऊंगा, हमारी शादी कैसे होगी वगैरा-वगैरा l पर तुम तो वह हो ही नहीं जिससे मुझे प्यार हुआ है l मुझे हैरत है

कि तुम्हें पूरी दुनिया की आंखों में तुम्हारे लिए नफरत दिखाई देती है, पर मेरी आंखों में प्यार तुम्हें कभी नहीं दिखा ? पिछले 23 दिनों से मैं पागलों की तरह बिना गलती के गिल्ट में जी रहा हूं , एक बार भी तुमने मेरी इमोशंस के बारे में नहीं सोचा l अब तो तुम 8 साल की नहीं हो, कौन रोक रहा है तुम्हें एक्ट्रेस बनने का सपना पूरा करने से ?? बोलो जवाब क्यों नहीं देती ? (आंसुओं के साथ हंसते हुए) क्योंकि ना तो तुम में अपने सपने के लिए लड़ लड़ने की हिम्मत है ना हमारे प्यार के लिए l you know what ? तुम्हारे जैसी डरपोक लड़की मेरा प्यार deserve नहीं करती l GOOD BYE!!

यह बोलकर बहुत ही गुस्से के साथ अर्जुन दरवाजे की तरफ बढ़ने लगता है, राधिका अपराध बोध में बेजान पेड़ की तरह स्तब्ध खड़ी है l अचानक उसे इस पेड़ की जड़े महसूस नहीं हो रही है, वह भागकर अर्जुन के गले लग जाती है, और उसके सीने में सर छुपा कर जोर जोर से रोने लगती है -

राधिका : I'm really sorry अर्जुन ! Please Don't Leave Me. मुझे पता ही नहीं चला कि मैं तुम्हारे प्यार के बदले तुम्हें इतनी तकलीफ दे रही हूं l you are right I'm coward and mentally sick. please forgive me.

अर्जुन का गुस्सा एक पल में हवा हो जाता है जैसे गर्म तवे पर किसी ने ठंडा पानी डाल दिया हो l वह राधिका को बहुत जोर से अपनी बाहों में भींच लेता है l पता नहीं कितनी देर तक वह दोनों ऐसे ही खड़े रहे l जब राधिका को सांस लेने का होश आया और अर्जुन की सख्त बाहों में थोड़ी घुटन महसूस हुई , तब वह थोड़ा कसमसाई और अपना चेहरा अर्जुन के सीने से उठाते हुए धीरे से बोली -

राधिका : Nikhil ! I can't breathe.

दोनों हंसने लगते हैं, अर्जुन राधिका के चेहरे को अपने दोनों हाथों में भर गालों पर बचे हुए आंसुओं को पोछते हुए बोलता है -

अर्जुन : you know, I wanted to do this in a better way but I think this is perfect moment.

Will you marry me?

राधिका की आंखों में शरारत आ जाती है, वह इतराते हुए बोलती है -

राधिका : ummm I will think about it.

और खिलखिला कर दूसरी तरफ भागने लगती है, अर्जुन उसका हाथ पकड़ वापस अपनी बाहों में भर लेता है, राधिका का दिल, अर्जुन का intense चेहरा देखकर जोर-जोर से धड़कने लगता है l अर्जुन राधिका की आंखों में आंखें डाल कर बोलता है -

अर्जुन : I will never let you cry again ...

यह बोलते हुए अर्जुन राधिका का चेहरा दोनों हाथों से अपने चेहरे के बेहद करीब ले आता है, दोनों एक दूसरे की सांसे एक दूसरे के चेहरे पर महसूस कर पा रहे थे

अर्जुन : answer my question yes or no? will you marry me ?

यह बोलकर अर्जुन राधिका के लिप्स की तरफ देखने लगता है

राधिका मुस्कुराते हुए धीरे से बोलती है : Yes ! I will.

जैसे ही राधिका के लिप्स से यह शब्द निकलते हैं, अर्जुन तुरंत उसके लिप्स को किस करने लगता है, जैसे वह इन शब्दों को अपने अंदर समा लेना चाहता हो l

राधिका के आंसू उसके गाल पर बहने की जगह ढूंढते हुए अर्जुन के गालों में गायब हो रहे हैं l पता नहीं क्यों आज राधिका को ऐसा लग रहा है कि अर्जुन के इस स्पर्श से वह श्रापमुक्त हो गई है l बिलकुल वैसे ही जैसे मेंढकी और राजकुमार वाली कहानी में राजकुमार एक मेंढकी को किस कर उसे फिर से श्रापमुक्त राजकुमारी बना देता है.....

12

बर्फीले पहाड़ों में शिव-शक्ति

दो पहाड़ों के बीच नदी वाली ड्राइंग राधिका ने बचपन में कई बार बनाई थी पर यह जो आज उसके सामने है, ये एक आलौकिक दृश्य है.... मनाली में एक पूनम के चाँद वाली मई महीने की सुहानी सर्द रात, नदी के दो किनारे, किनारों को जोड़ता हुआ एक रस्सीयों का हिंडोला पुल, दोनों तरफ दो डी जे स्टेज , डान्स ऑफ़ शिवा फेस्टिवल मनाने देश विदेश से आये हज़ारों शिव भक्त , शिव तांडव स्त्रोतम का हैवी ट्रांस वाइब्रेशन पूरी घाटी को हिलाता हुआ, दोनों किनारों पे आमने-सामने दो पहाड़ और पहाड़ ही जितना बड़ा लेज़र बीम लाइट से बना शिव जी का तांडव नृत्य करता हुआ प्रोजेक्शन दोनों पहाड़ों पर....

आँखों को खुद पे विश्वास नहीं होता कि ये सच है भी या नहीं....

कोई भी अपने पैरों को थिरकने से रोक नहीं पा रहा। शिव जी के तांडव नृत्य का जबाब जिस तरह पार्वती जी ने अपने लस्या नृत्य से दिया था.... राधिका भी अपने तरह से अर्जुन के डान्स स्टेप्स का जबाब दे रही है।

आज डान्स ऑफ़ शिवा फेस्टिवल का दूसरा दिन है। यह म्यूजिक फेस्टिवल दस साल में एक बार इंडिया आता है। कुछ पल ऐसे होते हैं जब आप उन्हें जीते हैं तब आपको अंदाजा नहीं होता कि ये पल आपकी जिंदगी के सबसे खास खजाने में तब्दील हो जाएंगे । जब भी आप इस पिटारें को खोलते हैं, आपको ये यादें अहसास दिलाती हैं कि वाह मैंने अपना जीवन सिर्फ गुजारा नहीं बल्कि खुल के जिया है। बस शायद दोनों अपने पिटारे में ज्यादा से ज्यादा रोमांचक यादें बटोर लेना चाहते थे।

राधिका एक नदी की तरह पुरे फेस्टिवल में फुदकती -थिरकती - खिलखिलाती एक छोर से दूसरे छोर घूम रही है। कहीं ड्राई फ्रूट्स तो कहीं थेप्ले तो कहीं कुकीस तो कहीं इंटरनेशनल बिस्कुट तो कहीं सिगरेट के छल्ले तो कहीं मलाना धुँआ तो कहीं योग तो कहीं ब्रेकअप फाइट्स तो कहीं चमकते हूला हूप तो कहीं अंगारो जैसे हवा में तैरते बेब्लेड्स तो कहीं अजीब रंगबिरंगी पतंगे, खुशबूदार शरबत, घाटी के अजीब फूल, कागज की झालरें, टेंट्स, आदमकद कैनवास बोर्ड्स, कैंपफायर, भालूओं कि तरह दिखने वाले पहाड़ी कुत्ते और ना जाने क्या क्या। राधिका वहीं वापस पहुँचती हैं जहाँ अर्जुन को छोड़कर गयी थी, अर्जुन गुस्से में मुँह फुलाए टेंशन में इधर उधर देख रहा है, जैसे ही उसकी नजर राधिका पर पड़ती है उसका टेंशन गुस्से में बदल जाता है। राधिका डाँट सुनने से पहले ही उसको गले लगा कर अपना माफ़ी नामा पेश कर देती है: सॉरी सॉरी सॉरी!!!

और अचानक उसे लगातार तीन चार छींक आती हैं, अर्जुन : और घूमो तुम ठंडी हवा में इधर उधर तितली बन के।

वो मुँह फुलाए हुए ही अपना जैकेट निकालके राधिका को पहना देता है। कुछ चीजें आपको हमेशा मूवीस में देखते हो पर जब पहली बार आपके लिए कोई इतना प्यार जताता है तो आप बस भावुक हो मन ही मन अपनी किस्मत सराहते हो। वो एक टक प्यार से अर्जुन को देखती है, अर्जुन थोड़ा शर्मा के मुस्कुरा देता है, और उसके जैकेट के हूडी से राधिका का चेहरा ढक देता है : मैडम जादू मार खाओगी अब इधर से हिली तो।

राधिका : ओके मिस्टर जादू।

रात के 2 बज रहे हैं,अचानक स्नोफाल शुरू हो जाता है। शायद नज़ारे को स्वप्नलोक बनाने में यही कसर बाकी थी।

अर्जुन और राधिका एक चट्टान पर बैठ के इत्मीनान से अपना सिग्नेचर ड्रिंक बना रहे हैं। वोडका, रम, क्रेन बेरी जूस, मिंट, नीबू, हनी सब नीले शेकर में डाल शेक कर अब वो नज़ारे को एन्जॉय करने एकदम रेडी हैं।

राधिका : वाओ!! एक ड्रिंक को भी कितना प्लान कर के चलते हो। तुम्हारे इस छोटे से बैग में हमेशा सब कुछ होता है।

अर्जुन : दिमाग में पहले प्लान करने के बाद दस पंद्रह मिनट ही लगता है, पैक करने में। पूरा पैसा वसूल होना चाहिए। डोंट वरी! इट इस वैरी सिंपल। मेरे साथ सीख जाओगी।

राधिका अपने बैग से एक नोटबुक निकालती है, जिस पर डेट वाइज पुरे पंद्रह दिनों की ट्रिप के प्लान का लेखा जोखा है।

राधिका : हुह। बड़े आये दुष्ट। मैंने पूरी ट्रिप प्लान की है देखो। पर तुम तो मनाली में ही सात दिन रुकना चाहते हो।

अर्जुन : हम्म्म! मुझे मनाली बहुत पसंद है, तब से जब मैं...... खैर बहुत लम्बी कहानी है कभी और सुनाऊंगा।

राधिका : ये डी जे कितना फालतू म्यूजिक प्ले कर रहा अब, इसको तो मैं अभी बताती हूँ....

राधिका लड़खड़ाते हुए डी जे कंसोल की तरफ बढ़ती है, ये देख अर्जुन उसे रोकने आवाज़ लगाता है पर वो तो कमान से निकले तीर की तरह सीधा रंगबिरंगे हैंडपेंटेड स्टेज कैनवास से लटक कर सामने पड़ी एक चेयर पे चढ़ डी जे का कंसोल डिस्टर्ब कर रही होती है।

अर्जुन सारा सामान अस्त व्यस्त हाल में लिए वहाँ पहुँचता है, और उसकी चीख निकल जाती है....

अर्जुन : राधिका... गेट डाउन फ्रॉम चेयर....

सिक्योरिटी गार्ड्स एंड डी जे उसे रोकने की कोशिश कर रहे हैं, अर्जुन बीच बचाव कर उसे जैसे तैसे गोद में लेकर थोड़ी दूरी पर बैग्स के पास नीचे उतारता है, जहाँ थोड़ी रौशनी उनके कपड़ो पर पड़ती है.....

अर्जुन : वाट् द हेल। पूरे कपड़ों पे ऑइल कलर लग गया है...... मेरी पूरी जैकेट बर्बाद कर दी तुमने....

अर्जुन दाँत पीस कर अपने होंठ भींच लेता है, राधिका अपराधबोध से सर नीचे कर लेती है.... धीरे से बुदबुदाती है..

राधिका : और कराओ नशे मुझे....

अर्जुन के बाजू में खड़ा गार्ड हँसने लगता है... अब हँसने के अलावा दोनों के पास कोई चारा नहीं बचता।

अर्जुन : अच्छा अब ये भी मेरी गलती है....

बोलकर अपनी हँसी रोकते हुए उसकी तरफ बढ़ता है, राधिका दोनों कान पकड़ कर उठक बैठक लगाने लगती है।

राधिका : सॉरी सॉरी सॉरी।

मुझे माफ़ करना ओ डोडोराम।(गाते हुए)
नशे करके नहीं बिगाड़ूँगी डी जे का काम।
ॐ साईं राम ss

अर्जुन उसको कंधे पे उठाता है, और गेट की तरफ ले जाने लगता है।

अर्जुन : तुम अब होटल चलो सारे पनिशमेंट वहीं दिए जाएंगे।

राधिका झूठमूठ का नाटक कर उसके कंधे पे लटके लटके उसकी पीठ पे हलके घूँसे मारते हुए चिल्लाती है

राधिका : छोड़ दो मुझे मायावी रावण, दुष्ट, पापी, निर्लज्ज।

दोनों हँसते लड़खड़ाते वहाँ से निकल जाते हैं।

अगले तीन दिनों में कसोल, पार्वती वैली और मलाना गाँव जैसी आस पास की लोकल जगहों से ना जाने उन्होंने कितनी खूबसूरत यादें बटोरी थी। लकड़ी और मिट्टी से बने घरों से लेकर घने जंगलों तक,फलों से लदी नदियों से लेकर पहाड़ों तक, पंछीयों से लेकर गिरगिटों तक , पतले-दुबले छोटे कद के पहाड़ी लोगों से लेकर देश विदेशों से आये सैलानियों तक सारा कुछ पीछे छोड़कर अब वो श्रीनगर की ओर निकल गए हैं।

इतनी बड़ी चट्टाने, घाटियाँ, जानलेवा घुमावदार रास्ते और किसी हॉलीवुड की फ़िल्म के एक्शन ड्राइवर से ज्यादा एडवेंचरस ड्राइवर्स। दोनों अड़तीस घंटो के पूरे सफर में चाह कर भी वो अपनी आँखें खिड़कियों से नहीं हटा पा रहे थे। दूर से केदारनाथ जी के दर्शन भी हुए, अर्जुन राधिका के गले में हाथ डाल कर बोलता है :

अर्जुन : पहले मुझे लगता था शिव जी को पहाड़ों पे रहने की क्या जरुरत, पार्वती जी, गणेश जी और कार्तिकेय जी के साथ... पर अब यहाँ आकर समझ आया है कि उन्होंने दुनिया की सबसे खूबसूरत लोकेशन चुनी है अपना घर बनाने।

राधिका आँख बंद हाथ जोड़ कर कुछ बुदबुदाती है, फिर केदारनाथ जी की तरफ देखकर मुसकुराती हुएं बोलती है :

हाँ इन बर्फीले पहाड़ों में हम भी तो शिव-शक्ति ही हैं।

अर्जुन उसका माथा चूम लेता है...

श्रीनगर में दोनों सुबह होटल से नाश्ता कर शहर घूमने निकलते हैं। बाजारों से होते, सेव के बगीचों में घूम शाम में डल झील के पास पहुँचते हैं, और एक शिकारा नाव वाले से दूसरे दिन झील दिखाने का प्लान फिक्स करते हैं। राधिका शिकारे वाले को खास हिदायत देती है :

देखो नाव को अच्छे से सजा कर लाना, ठीक है?

अर्जुन की हँसी छूट जाती है, वो उसको झुक कर सलाम करता है और पान खाए बुड्ढे मियाँ की आवाज़ में बोलता है : वाह बेग़म आपने तो दिल जीत लिया। वाह वाह।

शिकारे वाला उन दोनों की तरफ देखकर कश्मीरी लहजे में पूँछता है: हमारा शिकारा हनिमून कपल का फेवरेट है, मैं फोटोग्राफी भी कर के दे देगा।

राधिका थोड़ा शर्मा के उसकी बात अनसुनी कर आगे बढ़ जाती है।

अर्जुन फटाफट शिकारे वाले को एडवांस थमा के उसके पीछे भागता है: अरे बेग़म साहिबा भाग किधर रहीं हैं, हनीमून कपल की तरह पेश आइये।

राधिका : देखो बेटे ये सपने सुहाने लड़कपन के भूल जाइये। थोड़ा होश में आइये। हनीमून शादी के बाद... समझे...

बोलकर उसे पीछे धकेलती है। पर अर्जुन को अब छेड़ने का मौका मिल गया था। कहवा, मैगी और कैफे वालों से बार-बार पूछता : यहाँ हनीमून कपल के घूमने लायक कौन सी अच्छी जगहें हैं।

हर कोई जबाब में गुलमार्ग का नाम जरूर लेता।

राधिका बार-बार मुँह फेर लेती है, पर जब उसे लगता हैं की अर्जुन नहीं रुकने वाला, तब तुनक के बोलती है:

देखो अगर तुम अब नहीं रुके तो आज से सोफे पे नहीं रूम के बाहर सोना पड़ेगा तुम्हें।

कैफे वाला अपनी हँसी दबाते हुए अर्जुन की ओर देखता है, अर्जुन झेपते हुए : बेग़म नाराज चल रहीं आजकल।

राधिका चुपचाप कैफे से बाहर चली जाती है। अर्जुन अपना सोफा छिनने के डर से थोड़ा सहम गया है।

दूसरे दिन वो सुबह छह बजे डल झील पहुँचते हैं, शिकारा लाल फूलों और लाल वेलवेट की चादर से दुल्हन की तरह सजा हुआ है। दोनों को यकीन नहीं हो रहा कि ये कल वाला ही शिकारा है।

फ़ैसल शिकारे वाला : भाईजान कहा था ना, हमारा शिकारा फेवरेट है हनीमू....

राधिका: भाईसाब आप यहीं से हैं?

फैसल : हाँ। हमारी सात पुशतें यहीं से हैं मैडम।

अर्जुन की हँसी अभी भी नहीं रुक रही, वो चुपचाप राधिका का हाथ पकड़ शिकारे पे चढ़ाता है। धीरे-धीरे किनारा ओझल हो जाता है, दूर-दूर तक शांत पानी में सूर्योदय और लाल-गुलाबी बादल के प्रतिबिम्ब ऐसे बन रहे हैं, जैसे वहाँ उनका शिकारा पानी में नहीं बादलों में तैर रहा हो। राधिका भावबिभोर अर्जुन के कंधे पर सर रख गहरी सांस लेती है।

अर्जुन गुजरते हुए बोट हॉउस की तरफ इशारा करते हुए बोलता है : हम अपने हनीमून पर यहाँ बोट हॉउस में रुकेंगे। राधिका सिर्फ मुस्कुरा देती है।

राधिका : हाँ, तब जैसे तुम रुक जाओगे।

ऐसा बोलकर हँसते हुए अर्जुन के कंधे में मुँह छुपा लेती है।

अर्जुन अपनी बाँहें हवा में फैलाता हुआ : वाह जबाब देने के लिए बेशर्म भी बनना

पड़े तो बन जाओ। वैसे तुम्हारा मुँह बंद करने वाला एक जबाब मेरे पास भी है.... ज्यादा पटर पटर की तो मैं मेरा जबाब देने से रुकूंगा नहीं। सो प्ले विथ फायर एट योर ओन रिस्क।

राधिका : मैं थोड़े देर तुम्हारी गोद में सर रख के सो जाऊँ।

अर्जुन उसका सर प्यार से अपने गोद में रखता है : बेग़म अब आप पूँछ के शर्मिंदा कर रही हैं।

राधिका: थोड़ा सर पे हाथ फेर दो....

अर्जुन उसका सर सहलाते हुए एक गाने की धुन गुनगुना रहा है : चाँद सी मेहबूबा होगी मेरी, कब मैंने ये सोचा था?

हाँ तुम बिलकुल वैसी हों जैसा मैंने सोचा था.....

राधिका आँखें मीचे अपनी किस्मत पर इतरा रही थी, इस से ज्यादा आत्मतृप्ति का अनुभव शायद ही उसे अब तक अपने जीवन में कभी हुआ था। छोटी-छोटी नावों पर कश्मीरी फेरीवाले तरह-तरह के मावे, केसर, जड़ीबूटियाँ, पश्मीना शाल और स्वेटर बेच रहे हैं।

डल झील में बोट हॉउस पे बने बाजार से खरीदारी , नेहरू पार्क,लाइब्रेरी घूमने और बहुत सारा फोटो सेशन करने के बाद दोनों कहावा पीते हुए फोटोस देख रहे हैं।

राधिका : मेरे फ़ोन में फोटो अच्छे आते हैं तुम्हारे कैमरा से, देखो।

अर्जुन : अम्म... हाँ। पहले क्यूँ नहीं बताया दुष्ट लड़की, मेरे सारे फोटो मैंने कैमरा से निकाले हैं।

राधिका : मैंने भी अभी देखा, पापी लड़के।

अर्जुन : फ़ैसल भाई आपने इसकी फोटो अच्छी लीं हैं मेरी तो सब बेकार लीं हैं।

राधिका इतराते हुए : एक्सक्यूज़ मी! मेरी फोटो आती ही अच्छी हैं।

फैसल : भाईसाब आप कश्मीर से ही हो?

अर्जुन : नहीं तो! देखो फैसल भाई बात पलटने की कोशिश मत करो।

फैसल हँसने लगता है।

राधिका : ये कश्मीर से ही है, झूठ बोल रहा है। कश्मीर में ही होते हैं ऐसे गोरे-चिट्टे, लम्बे-चौड़े रणबीर कपूर टाइप लड़के!

अर्जुन : मेरा मन तो यहीं का हो जाने का है, वैसे। बोलो बेग़म रुक जाए यहीं?

राधिका : हाँ क्यूँ नहीं मियाँ शेखचिल्ली।

दोनों कश्मीरी वेशभूषा में फोटोशूट करते हैं।

राधिका : यार ये तो बहुत सुन्दर फोटोस हैं, ये सारे हनीमून के फोटोस के साथ पोस्ट करेंगे, अभी तो कर नहीं सकते।

अर्जुन : तुम ही नहीं मान रहीं, पूरी दुनिया हमें हनीमून कपल कह रही।
राधिका कश्मीरी ड्रेस में फूलों की बास्केट पीठ पर टाँग, अर्जुन के कंधे पर हाथ रख मुस्कुरा कर फोटो के लिए पोज़ देते हुए
राधिका : तुम्हें कल गुलमार्ग घूमना हैं या नहीं मेरे साथ??
अर्जुन अपनी आँखें घुमाते हुए भोलेपन से : तुम ऐसे ही मेरी फोटोस ख़राब करवा रही हो जब से। खुद तो दौड़ते हुए भी पोज़ दे देती हो, और मेरे चेहरे के एक्सप्रेशन अपनी धमकियों से ख़राब करवा देती हो।
राधिका : हम लड़कियाँ मल्टीटास्किंग होती हैं, आप भी सीखिए।
इन खट्टी-मीठी तकरारों से उनका रिश्ता और गहरा रहा है जिसकी दोनों को कोई खबर नहीं।
दोनों होटल पहुँचते हैं, राधिका अपने ट्रिप प्लानर को देखते हुए बोलती है
राधिका : अब सिर्फ एक दिन और है हमारे पास, और घूमने लायक काफी सारे टूरिस्ट स्पॉट्स बाकी हैं। जैसे सेव के बाग़, गुलमार्ग, बॉर्डर.....
अर्जुन : गुलमार्ग ही चलेंगे। हनीमून कपल के लिए बेस्ट जगह है।
राधिका उसके मुँह पे तकिया मारते हुए : तुम क्यूँ छेड़ते रहते हो मुझे जब देखो तब.....
अर्जुन : एक बात बताओ, हनीमून कपल होने का तुम्हें कौन सा खयाल इतना परेशान करता है, मेरी बीवी होना या मुझे तुम्हें हक़ से छूना? कई बार ऐसा लगता है जैसे तुम मुझे कभी पति की तरह देख ही नहीं पाती।
राधिका को अंदाजा ही ना था कि उसका शर्मीलापन कब अर्जुन के कोमल सपनों को जर जर कर रहा था, वो सपने जो उसके भी थे.... वो अपने आपको को कुछ संभाल कर, अर्जुन के चेहरे को दोनों हथेलियों में भर के बोलती है : ये झूठा गुस्सा है, मैं शर्मा जाती हूँ। मैं.... वो... तुम्हें..... खैर जाने दो कभी और समझाऊँगी। अभी सिर्फ इतना कि बस किसी पे पहली बार इतना भरोसा कर रही हूँ। टूटने से डर लगता है.... इसीलिए ज्यादा ख्वाब सजाने से खुद को बचा रही हूँ।
अर्जुन : तुम अभी भी झूठ बोल रही हो.... क्या है जो तुम बाद में समझाओगी और मुझे अभी नहीं बता सकती?
राधिका : मुझे नींद आ रही है.... कल सुबह 6 बजे निकलना है गुलमार्ग के लिए... सो जाओ। गुड नाईट।
इतना बोलकर वह पलंग पे रजाई ओढ़ कर सो जाती है।
अर्जुन चुपचाप उठ कर सोफे पे लेट जाता है... राधिका के मन में कुछ तो था जो उसे रह-रह कर डराता था।

अर्जुन अपने ही मन में अपनी तरह-तरह की हीन भावना से घिरने लगता है, जैसे वो अच्छा नहीं कमाता या क्या वो उसके जाति का नहीं है इत्यादि। आखिर क्या कारण हो सकता है राधिका का उन दोनों के भविष्य में साथ होने पर संदेह होने का? इसी उधेड़बुन में वह बहुत देर तक सो नहीं पाता।

उसकी नींद ठीक से लगी भी नहीं थी कि फ़ोन पर अलार्म बज उठता है। राधिका भी शायद पूरी रात नहीं सोइ है। वह चुपचाप उठकर टेबल पर रखे दोनों फोन पर बज रहे अलार्म को बंद कर, वहीं नीचे गालीचे पे बैठ जाती है और अर्जुन के सर पे प्यार से हाथ फेर कर उसे उठने के लिए बोलती है : डोडो चलो उठो, टैक्सी वाला पहुँच जाएगा आधे घंटे में।

अर्जुन रात की बेरुखी भूला नहीं था, वो नींद में होने का
नाटक करता है और बुदबुदाता है : मुझे नहीं जाना कहीं।

राधिका को सब समझ आ रहा है सिवाए इसके कि वो अर्जुन को कैसे मनाए.... कुछ देर वो वहीं अर्जुन का चेहरा ताकते बैठी रहती है, एक मासूम सा चेहरा जो आँखें बंद कर अपना गुस्सा छुप जाने की तसल्ली किये हुए है।

राधिका उसके कान के पास अपने होंठ ले जाती है, धीरे से बोलती है : मैं अकेले कैसे जाऊँ.... वहाँ सब सिर्फ हनीमून कपल ही जाते हैं।

अर्जुन अपनी मुस्कुराहट छुपाने राधिका से परे करवट ले लेता है।

राधिका उसे गुदगुदी लगाती है और जैसे ही वो अपने बचाव में करवट लेता है, वो राधिका के ऊपर ही लुढ़क जाता है, उसका सिर राधिका की गोद में है,

राधिका उसकी तरफ प्यार से देखते हुए : मैं पूरी रात नहीं सो पाई..... शायद तुम भी नहीं...?

अर्जुन उसकी आँखों में अपने सवालों के जबाब ढूंढने की कोशिश करता है, पर वहाँ उसे कुछ पहचाना सा भाव दिखाई देता है.... जो उसकी राधिका की परिभाषा में नहीं आता पर ये पहले भी उसने देखा है। राधिका की आँखें साफ उस से बोल रहीं थीं कि वो ये अनदेखा कर सिर्फ उसके प्यार को समझे....

अर्जुन : चलो तैयार हो जाते हैं। नींद लेने के लिए जिंदगी पड़ी है। गुलमार्ग हमारा इंतजार कर रहा है।

राधिका उसका माथा चूम लेती है.....

अर्जुन अभी भी टैक्सी में राधिका की गोद में सो रहा है, और राधिका किसी तरह अपने आपको जगाए रख कश्मीर के नज़ारे अपनी आँखों में कैद करना चाह रही है।

जब वो गुलमार्ग में दाखिल होने लगते हैं तब ड्राइवर उनको एक गम बूट किराये

पर देने वाली दुकान पर रोकता है,
ड्राइवर : मैडम आप लोग ये बूट किराये पे ले लीजिये वरना वहाँ आपके पैर बर्फ में जम जाएंगे।
राधिका : डोडो चलो उठो भी, अपने साइज के गम बूट्स ले लो।
अर्जुन कुछ ज्यादा ही उसनींदे अंदाज़ में राधिका की बात अनसुनी कर सीट से टिक कर फिर सो जाता है।
राधिका झल्लाकर : प्लीज़ यार उठो भी...
ड्राइवर : मैडम हमारे पीछे और भी गाड़ियाँ हैं, हम यहाँ ज्यादा देर नहीं खड़े रह सकते।
राधिका चुपचाप अर्जुन को सोता छोड़ गम बूट्स लेकर आ जाती है।
एक घंटे के सफर के बाद वो गुलमार्ग की तलहटी पर पहुँचते हैं। वहाँ से घोड़ों पर या गोंडोला (स्काई लिफ्ट) से गुलमार्ग की बर्फीली हिल स्टेशन पर पहुंचना था। दोनों मिलकर डिसाइड करते हैं, घोड़ों से चलेंगे।
पर अर्जुन के जूते ओस से अंदर तक भीग गए थे, और पैर अकड़ने लग गए थे, राधिका चुटकी लेते हुए उस से पूँछती है: क्या हुआ डोडो.... आपको गम बूट्स की जरुरत है क्या?
अर्जुन अपनी गलती छुपाने के लिए ठण्ड ना लगने की एक्टिंग करने की कोशिश करता है, पर अगले ही कदम उसके ब्राउन जूतों में कीचड लग जाता है.... राधिका बहुत अच्छे से जानती थीं निखिल ठण्ड सहन कर सकता है पर उसके जूतों पर कीचड़ नहीं। अर्जुन का चेहरा पूरी ट्रिप में इतना लाल कभी नहीं हुआ था, राधिका अपनी हँसी छुपाते हुए उसके पास जाती है, इससे पहले वो कुछ कह पाती अर्जुन गुस्से में खीजकर : देखो अगर तुम ये बोलने वाली हो कि " जब भी मैं तुम्हारी बात नहीं सुनता हूँ तो मेरा ही नुकसान होता है।"
राधिका गम बूट्स अर्जुन को देती है, थोड़ा हंसी छुपाते हुए बोलती है: तुम्हारी साइज के ही है, पहन लो। बाकी कुछ बोलने की जरूरत है ही नहीं, वो तो तुमने बोल ही दिया है।
अर्जुन चुपचाप मुस्कुराते हुए गम बूट पहन लेता है। ऐसा कई बार हो चुका है जब अर्जुन ने उसकी बात नहीं मानी और हमेशा की तरह राधिका कोई ना कोई बैकअप प्लान रखती है, जब वो मुसीबत में पड़ता है वह तब उसकी मदद करने के बाद हमेशा इतरा के बोलती है " कहा था ना जब तुम मेरी बात नहीं सुनते हो तो तुम्हें नुकसान होता है।" अर्जुन हमेशा राधिका को उसकी सूझबूझ और दूरदर्शिता के लिए मन ही मन बहुत सराहता है। पर न जाने क्यों जब वह पहले ही उसको कुछ

समझाने की कोशिश करती है तब उसे वही चीज पहले समझ नहीं आती।
दोनों घोड़े पर सवार हो चुके हैं। अर्जुन घोड़े पर बैठे बैठे एक हाथ से लगाम पकड़ दूसरे हाथ से राधिका का हाथ पकड़ता है, जावेद घोड़े वाले को उनका एक फोटो निकालने के लिए बोलता है।
जावेद : आप यहां क्या फोटो निकलवा रहे हैं सर! ऊपर चलिए, हनीमून का जन्नत है हमारा गुलमार्ग।
यह बात सुनते ही अर्जुन थोड़ा चुप सा हो गया। उसे कल रात का वाकया याद आ गया था और उसका हाथ राधिका के हाथ से छूटने लगा, पर राधिका ने उसका हाथ जोर से पकड़े रखा उसकी आंखों में बिना देखे, एक शर्मीली मुस्कुराहट के साथ। अर्जुन थोड़ा भाव-विभोर सा राधिका की तरफ देखता है।
राधिका : मुझे क्या देख रहे हो सामने देखो फिर फोटो खराब आएगी तुम्हारी और मुझे दोष दोगे।
दोनों की हंसी छूट जाती है और संतुलन बिगड़ते- संभालते हुए, फोटो जो कि उस नायाब पल की जीवंतता को कैद कर चुका है।
हिमालय की ऊंची-ऊंची श्रंखलाओं के बीच इस फूलों की वादी जिसे उर्दू में "गुलमार्ग" कहते हैं, ऐसा लगता है जैसे इस ब्रह्मांड के सारे सबसे खूबसूरत रंगों से सजाया गया है। चाहे वह बादल हो, फूल हो,पक्षी हो, जानवर हो, पानी हो आसमान हो या यहां के लोग। एक रंग और जो दिखाई तो नहीं देता पर इन सारे रंगों से कहीं खूबसूरत, वो है प्यार का रंग। ना जाने कितने नये शादी-शुदा जोड़े अपनी नई शुरुआत को प्यार के रंग से भरते हुएहरतरफ नजर आ रहे हैं।
राधिका का घोड़ा अर्जुन के घोड़े के पीछे चल रहा है न जाने क्यों यह सारी वादियां, फूल, आसमान, बादल, नव युगल जोड़े सब को छोड़कर वो अब भी बार-बार अपने हाथ को देख रही है। अर्जुन को सब बता देना चाहती है कि उसे क्या सताता है, जब भी वो उसका हाथ थामता है, सिर सहलाता है, गले लगाता है, या कभीगोद में उठालेताहै। ये सब उसकी मांगी हुई मुरादें थीं, पर शादी के बाद का सोच के वो अंदर ही अंदर घुट रही है, उसमें हिम्मत नहीं है अर्जुन को खोने की।
अर्जुन मुस्कुराते हुए पीछे मुड़कर उसे बराबरी से चलने का इशारा करता है, वह उसके साथ पूरी जिंदगी चलना चाहती है। बस अपने मन में पल रहे डर को निकाल वो अर्जुन के साथ जीने के सपने बुनना चाहती है।

राधिका और अर्जुन एक दूसरे का साथ पाकर सांतवें आसमान पर थे। दोनों को जैसे जन्मो का साथी मिल गया हो।

कश्मीर से निकल कर अब वो लेह लद्दाख पहुंच चुके थे। हाई एल्टीट्यूड पर होने के कारण राधिका को थोड़ी सांस लेने में तकलीफ होती है, अर्जुन घबरा जाता है, होटल के कंसल्टेंट डॉक्टर को लेकर आता है। नमक के गर्म पानी में पैर डालकर रखने की सलाह देकर डॉक्टर कुछ दवाइयां लिख देता है, और बोलता है

डॉक्टर: यह सब नॉर्मल है , चिंता की कोई बात नहीं है।

दूसरे दिन

अर्जुन राधिका को तंग करने का एक भी मौका नहीं छोड़ता है। स्पेशली उसको पता है जब वह सेल्फिश होकर सिर्फ अपनी फोटोस निकालता है तब राधिका को बहुत चिढ़ होती है। और इस बार उसने राधिका से उसका आईफोन भी ले लिया है,

राधिका उसकी छेड़खानियों से चिढ़ कर मुंह फेर पैंगोंग लेक की तरफ बढ़ जाती है, वह जानती है कि अर्जुन उसकी कैंडिड फोटोस लेगा तो चुपचाप मुस्कुराते हुए पोज़ देते हुए वह बढ़ते जाती है।

दोनों पैंगोंग लेक के पास बहुत देर तक चुपचाप बैठे रहते हैं सब कुछ इतना सुंदर है कि पहली बार बिना मैडिटेशन किए दोनों के दिमाग में कोई थॉट नहीं था। शांति इतनी कि सिर्फ सांसें सुनाई दे रही थी।

राधिका एक पत्थर उठाकर बोलती है

राधिका: तुम्हें पानी पर पत्थर उड़ाते आता है?

और उसे पत्थर को झील के ऊपर इस तरह से फेंकती है कि वह पानी के सरफेस पर तीन चार बार उड़ते हुए दिखता है।

अर्जुन: वाट? यह कहां से सीखा?

राधिका: अपने गांव के तालाब में, सोनू दादा ने सिखाया था।

जब बहुत बार ट्राई करने पर अर्जुन से भी पानी पर पत्थर उड़ाना आ जाता है तो वह बहुत खुश होकर चिल्लाता है,

अर्जुन: येस! आई हैव डन इट।

राधिका इतराकर अपना क्रेडिट लेते हुए बोलती है,

राधिका: देखा मैंने तुम्हें पानी में पत्थर उड़ाना सिखा दिया।

अर्जुन हंसते हुए जवाब देता है,

अर्जुन: और मैंने तुम्हें दुनिया को उड़ते हुए दिखना सिखा दिया।

दोनों नेक्स्ट डेस्टिनेशन शांति स्तूप पहुंच गए हैं। स्तूप को पूरी तरह घूमने के बाद दोनों मेडिटेशन रूम में जाकर बैठते हैं, जहां अर्जुन मेडिटेशन में बैठने की कोशिश करता है वहां राधिका सारे अलग-अलग आकार के सिंगिंग बोल्स को बजा कर देख रही है, वहां कुछ म्यूजिक इंस्ट्रूमेंट भी हैं, जिन्हें छूना मना है, पर किसी

भी बौद्ध साधु को वहां पर रोक-टोक करते हुए ना पाकर राधिका सारे म्यूजिक इंस्ट्रूमेंट भी बजा कर देखती है, जिसे सुनकर एक साधु अंदर आकर उसे रोकता है। यह सब देखकर अर्जुन सब अपने कमरे में कैद कर रहा है, कभी वह उसकी हरकतों पर हंसता तो कभी उसकी हिम्मत की दाद भी देता, और कभी उसे हैरत भी होती कि आखिर कैसे यह साथ संभव हुआ।

लेह पैलेस, पैंगोंग लेक और बहुत से रेस्टोरेंट एंड बेकरी और न जाने कितने टूरिस्ट स्पॉट उन्होंने 2 दिन में कवर किए।

राधिका: तुमने अपने ऑफिस में क्या बोला है छुट्टी लेने के लिए?

अर्जुन: मैं ने जॉब क्विट कर दी है।

राधिका: व्हाट? बताया क्यों नहीं?

अर्जुन: तुम फालतू में टेंशन लेती इसीलिए नहीं बताया। तुमने क्या बोला है वैसे?

राधिका (आंखें घुमाते हुए): मैंने बोला है मैं शादी के लिए लड़का देखने जा रही हूं।

अर्जुन (शॉक्ड बट हैप्पी): ओह माय गॉड! तो फिर कैसा लगा लड़का?

राधिका (इतराकर शरमाते हुए): नहीं बताऊंगी!

पूरे 15 दिन की ट्रिप के बाद अब लौटने का टाइम आ गया है। दोनों लेह के पास के छोटे से गांव से अपने होटल वापस लौट रहे हैं, वहां जाम लगा हुआ है और रात हो चुकी है। दोनों रोड के पास वाले चट्टान पर बैठकर तारे देख रहे हैं।

राधिका: यह तारे कितने पास और बड़े दिख रहे हैं।

अर्जुन: तुम्हारी आंखों की चमक से कंपटीशन कर रहे है ना इसलिए।

राधिका(अर्जुन के बालों से खेलते हुए): लेम कमबैक डो-डो।

अर्जुन(इतराते हुए): आई हैव इवन मोर लेम न्यूज़ फॉर यू... एंड दैट इस, आई विल मेक यू विटनेस आफ मी पूपिंग अंडर द स्टार्स....

राधिका (गुस्से और घिन के साथ): ईईईईयूयू... व्हाट द हेल.... व्हाय वुड आई विटनेस दैट...आई एम गोइंग बैक इंसाइड द कैब...

अर्जुन (हंसते हुए): अरे अरे रुको जरा.... अच्छा उस तरफ मुंह करके खड़ी हो जाओ और हाथ से पीछे फोन का टॉर्च पकड़ लो, यहां झाड़ियों में कोई सांप हुआ तो? हनीमून आधा रह जाएगा।

राधिका झल्लाते हुए फोन की टॉर्च पकड़ पीछे हाथ कर खड़ी हो जाती है और एक हाथ से अपनी नाक बंद कर लेती है।

पिछले तीन महीने पँख लगाकर उड़ गए। पहले प्यार का खुमार ही अलग होता है, छोटे-छोटे तोहफ़े से लेकर बड़े-बड़े सपनों तक सब पहली बार बिना हिचक के किसी से साझा करना। अर्जुन मुंबई की आजाद जीवन शैली के कबूतरनुमा घरों जिनको फ्लैट कहते हैं, में पला बढ़ा शर्मीला नौजवान है। वहीं उसके विपरीत राधिका छोटे से कस्बे पथरिया से, किलेनुमा कोठीयों के दर्जनों गज फैले परकोटों की रूढ़िवादी जंजीरों को तोड़कर अपनी शर्तों पर जीने का सपना देखने वाली अपने खानदान की पहली क्रन्तिकारी लड़की है।

दोनों के पास एक दूसरे को बताने के लिए कभी बातें ख़त्म नहीं होती तो कभी जताने के लिए प्यार ख़त्म नहीं होता उस पर मुंबई और इसके आस पास ना-ना प्रकार के आजादी से घूमने फिरने उपलब्ध प्राकृतिक-अप्राकृतिक आकर्षण ने उनके जीवन को एक परियों की कहानी बना दिया है।

एक दूसरे की दुनिया के सच को जानने की उत्सुकता और उन पर दृष्टिकोण के गहरे द्वन्द उन्हें चुम्बक की तरह एक दूसरे की तरफ खींचता है। ना कोई जिम्मेदारी ना ही कोई स्वार्थ, है तो सिर्फ अपनेपन और अपनाने का खूबसूरत सुकून या गुदगुदी , शायद इसी को दुनिया प्यार बुलाती है।

मुंबई वापस आने के बाद भी इन दोनों घुमक्कड़ जीवों का मन एक दूसरे के साथ घूमने फिरने से नहीं भरा है।

ताज लैंड एन्ड्स, ओप्पा बार, कित्ती सु, कोलाबा सोशल, बार्किंग डियर, ब्लू फ्रॉग और न जाने कहां-कहां दोस्तों के साथ पूरी मुंबई एक कर रखी है।

मुंबई के आसपास भी जितने हिल स्टेशंस हैं उन्हें भी हर वीकेंड दोनों घूमने निकल जाते हैं, जैसे दुनिया की सारी चीज उनके जीवन का हिस्सा थी पर दोनों का साथ अब जीवन बन गया हो। शिव शक्ति की तरह दोनों एक दूसरे के बिना अधूरे थे।

13

सपनों के चित्रकार

एक बड़े बंदर के झुंड ने राधिका और अर्जुन को माथेरान की सबसे ऊंची घाटी वाले रास्ते पर एक तरफ से घेर रखा है। अर्जुन नाश्ते की बास्केट जमीन पर ही फेक पीछे की तरफ कदम बढ़ा रहा है, पर राधिका अपनी ही जगह पर स्लिंग बैग को रस्सी वाले औजार की तरह आक्रमण की पोजीशन में खड़ी है, एक बंदर राधिका की तरफ बढ़ता है और राधिका ने हवा में स्लिंग बैग को गोल घूमा कर उसके मुंह पर दे मारा है, बंदर कराहता हुआ दूसरी तरफ जा गिरा है यह देख बाकी के बंदर भी अपनी ही जगह पर ठिठक गए हैं अर्जुन चिल्ला रहा है:

अर्जुन: कम बैक, यह जंगली बंदर काटते हैं।

लड़की की बहादुरी देखते हुए आसपास के चार-पांच लोगों ने भी हाथों में पत्थर उठाकर बंदरों की तरफ बढ़ रहे हैं।

इतने सारे लोगों को अपने झुंड की तरफ पत्थर लेकर आते हुए देख बंदर रास्ता छोड़कर आसपास झुरमुट में गायब हो गए हैं।

अर्जुन आगे आते हुए बास्केट उठाता है और बोलता है,

अर्जुन: तुम पागल हो गई हो क्या?

राधिका : अरे हमारे गांव में ऐसे बहुत बंदर आते हैं उनका इलाज यही है।

दोनों ऊपर वाली घाटी की तरफ चल देते हैं।

अर्जुन : तुम जो चाहो वो बन सकती हो, बस जो भी चुनो उसपे फोकस करके पूरी दुनिया की परवाह किये बिना काम करते रहना होगा। सिर्फ दिखावा नहीं असल में दुनिया की परवाह ना करना सीखना होगा।

राधिका के कान के पास अर्जुन , द्रोणाचार्य बनकर अर्जुन को सिर्फ चिड़िया की आँख पर ध्यान केंद्र करना सिखा रहा है। माथेरान की सबसे ऊँची घाटी पर बादलों

और सूर्योदय की नई किरणों के इंद्रधनुषी रंगों से अपने बचपन के सपनों की पहली सकारात्मक कल्पना को चित्रित कर पा रही थी राधिका। पहाड़ों की चोटियों को जैसे बादल चारों ओर से घेर कर अपने प्यार और हक़ को जता रहे थे, बिलकुल वैसे ही राधिका के कंधों को अर्जुन की बाँहों ने घेर रखा है, चटाई पर दोनों आसमान ताकते हुए बैठे है। उनके आगे खुला आसमान है, जैसा जुरासिक पार्क मूवी का पहला सीन चारों तरफ पंछीयों के झुण्ड इधर से उधर उड़ते हुए नीचे घने हरे जंगल वाली खाईयाँ और पीछे उनके पिकनिक का सामान। पोर्टेबल म्यूजिक सिस्टम पर धीमे-धीमे सनराइज स्पेशल - "ड्रीमकैचर बाय बहरामजी & मनीष दे मूर" ट्रैक चल रहा है। लेह-लद्दाख/जम्मू-कश्मीर/मनाली की वादियों और एक दूसरे के साथ का सुकून ने उन्हें डोपामाइन का ऐसा चस्का दिया था कि मुंबई वापस आने के बाद भी वो हर वीकेंड मुंबई के आस-पास किसी भी हिल स्टेशन पहुँच जाते हैं। नौ से पांच की जॉब में अब दोनों का मन नहीं लगता है। पिछले तीन वीकेंड लोनावला, अलीबाग, इगदपुरी और आज माथेरान....

राधिका अर्जुन के कंधे पर अपना सर टिका कर गहरी सांस लेते हुए बोलती है: तुम्हे भी बादलों में वो सब रंग दिख रहे हैं क्या? जो मुझे दिख रहे?

अर्जुन : नहीं मुझे सिर्फ रंग नहीं दिख रहे..... मुझे रंगबिरंगी एक परी जैसी लड़की दिख रही है...ग्लोबल सुपरस्टार राधिका ... , जिसके बड़े-बड़े होर्डिंग्स हर हाईवे, एयरपोर्ट, स्टेशन पर लगे हुए हैं। अ ग्लिटरिंग अनस्टॉपएबल गॉड्डेस..... दिख रही है या नहीं तुम्हें?...

अर्जुन अपनी जगह पर खड़े हो राधिका का हाथ खींच उसे भी उठाता है, अलग-अलग दिशाओं में रुख कर राधिका को बताता है कि कैसे ब्रह्माण्ड को अपने भविष्य की दृढ़ कल्पना पुरे विश्वास से जाहिर करने से ब्रह्माण्ड हमें वो सब देगा जो हम चाहेंगे।

राधिका मंत्रमुग्ध हो कर अर्जुन का हाथ थामे : हाँ मैंने जैसे तुम्हें माँगा था और देखो तुम मुझे मिल गए। एक सवाल पूँछू??

अर्जुन : हाँ बोलिये द गॉड्डेस ऑफ़ क्रिएशन!!!!

राधिका : मैंने तुम्हें हमेशा म्यूजिक के इंटरेस्ट को अपना प्रोफेशन बनाने के लिए बहुत सोचते हुए देखा है, पर कभी कुछ बोलते नहीं हो। जिस तरह तुम मुझे मेरे ड्रीम्स को चेस करने के लिए मोटीवेट करते हो और विश्वास दिलाते हो कि सब हो सकता है तुम अपने ड्रीम्स के बारे में बात नहीं करते। क्यूँ?

अर्जुन एक दम चुप हो कर बादलों से अपनी नजर हटाकर एक टक नीचे गहरी अँधेरी खाई की ओर देखने लगता है। राधिका उसका चेहरा ऊपर रंगीन बादलों की

तरफ उठाती है, और अलग अलग दिशाओं में हाथ से इशारा करते हुए :

उधर देखो वो टुमारोलैंड इंटरनेशनल म्युसिक फेस्टिवल में तुम्हारा शो डीजे AJ-म्युसिक, उस तरफ देखो बड़े बड़े म्युसिक रियलिटी शोज में तुम जज बनके बैठे हो, उधर हर तरफ तुम्हारे शो के होरडिंग्स और वहाँ करोड़ों फैन्स की लाइन लगी है तुम्हारे एक ऑटोग्राफ के लिए। तुम्हें दिख रहा है या नहीं, बोलो? उधर देखो तुम्हारे शो के स्टेज पे मैं तुम्हें चियर कर रही हूँ।

अर्जुन चुप है। उसकी आँखें अब भी राधिका से सवाल पूँछ रही हैं, क्या ये सब सच हो सकता है?

राधिका जैसे उसकी चुप्पी में छुपे सवाल को समझ गई हो, जबाब में अपने फोन का कैमरा खोलती है, अर्जुन का एक फोटो क्लिक करती है। अर्जुन को दिखाती है : जरा देखो तुम्हें, इतने गिफ्टेड हो कि आलरेडी एक सुपरस्टार के लुक्स मिले हैं, मुंबई में बोर्न एन्ड ब्रॉटअप हो। जरुरत है सिर्फ खुदपे विश्वास कर दुनिया की परवाह किये बिना बस कोशिश करते रहने की। और बंदरों से नहीं डरने की।

बोलते बोलते राधिका जोर से हँसने लगती है, अर्जुन उसके तरफ प्यार भरे गुस्से से देख बढ़ता है :

रुक जाओ तुम्हें बताता हूँ...

राधिका को पता था उसको गुदगुदी का डोज़ मिलने वाला है, वो दूर भागने की कोशिश करती है हँसते हुए बोलती है :

मेरा मतलब था फालतू बन्दर जैसे लोगों से डरने की जरुरत नहीं है।

अर्जुन : तुम्हारे सारे मतलब और बन्दर मुझे पता हैं। राधिका का हाथ पकड़ मरोड़ कर बोलता है: बोलो बेटा अब "चीं"???

राधिका : अआआssssह चीं चीं चीं। मैं हार गई, मैं हार गई। चीं।

दोनों वापस चटाई पर जाकर बैठ जाते हैं। राधिका सैंडविच बॉक्स और कॉफ़ी थर्मस पिकनिक बास्केट से निकलती है।

अर्जुन : ये किधर से... इतनी सुबह सुबह... होटल किचन शुरु हो गया था?

राधिका : नहीं मैंने होटल वालों से रात में ही परमिशन ले ली थी कुक करने , मैंने बनाये हैं।

अर्जुन जानता है राधिका के हाथों में स्वाद है, उसकी आँखों में चमक आ जाती है, वो राधिका का माथा चूमता है : वाह भाई वाह, मैं जब बाथरूम में था तब ये सब चुपके चुपके हो रहा था।

राधिका इतराते हुए : हाँ। ये तो सिर्फ ट्रेलर है, पिक्चर अभी बाकी है दोस्त।

अर्जुन उत्सुकता से बास्केट देखता है, उसकी फेवरेट वाइट कबो गोअन ड्रिंक, रबड़ी-जलेबी, पूरन पोली और कुरकुरी भिंडी, पापड़, रायता और मेथी के थेपले, वो हैरान है.... वो कुछ पूँछ पाता, उससे पहले ही राधिका बोल उठती है:

कल भिंडी, थेप्ले, रायता, पापड़ शाम में यहाँ के लिए निकलने से पहले बनाया था, रबड़ी जलेबी और पूरन पोली रास्ते में खरीदे थे।और तुमसे छुपा के कल रात को ही होटल के किचन फ्रिज में रखवा दिया था।

अर्जुन के चेहरे पे एक बच्चे जैसी मुस्कुराहट है, सैंडविच का पहला निवाला अपने हाथ से राधिका को खिलाता है शायद कृतज्ञताज्ञापन का ये उसका बिना शब्दों का एक तरीका था.... ऐसा ही है वो , बहुत कम बोल पाता है जब वो खुश होता है या नाराज।

राधिका गर्व से उसका सत्कार स्वीकार करती है।

सनराइज ब्रेकफास्ट के बाद, एक किलोमीटर ट्रैकिंग करते हुए एक छोटे से वाटरफॉल के पास एक बड़े पेड़ से सटकर अपना दूसरा कैंपिंग स्पॉट बनाते हैं।

अर्जुन अपना लैपटॉप निकलता है, और बोलता है : वैसे कुछ सरप्राइज मेरे पास भी हैं, मैं बहुत सारी मूवी डाउनलोड करके लाया हूँ।

राधिका उसकी बांह पकड़ कंधे को चूमती है। इतने खुशनुमा माहौल में ना जाने उसके दिमाग में अजीब सा खयाल आता है की कहीं उनको किसी की नजर ना लग जाए, पर फिर चुपचाप आँखें खोल इस असलियत को जी लेने का इरादा इन नकारात्मक विचारों को हवा कर देते हैं।

दोनों मूवी देखते हुए लंच ख़त्म करते हैं, उसके बाद अर्जुन राधिका की गोद में सर रख कर लेट जाता है, राधिका उसके बाल सहला रही है, वो आँखें बंद कर तृप्ति की छोटी सी मुस्कान के साथ नींद और होश के बीच में झूल रहा है। राधिका एक हाथ में फोन उठाकर मुंबई में अपने घर के आस पास एक्टिंग स्कूल्स और थिएटर ढूंढ रही है।

दोपहर के 3 बज चुके हैं, अर्जुन की नींद खुलती है। राधिका पेड़ के तने से सर टिका कर ऊपर पेड़ की डालियों की तरफ एक तक देख रही है।

वो उसका हाथ पकड़कर पूँछता है : क्या हुआ, क्या सोच रही हो?

राधिका उसकी तरफ मुस्कुरा कर देखती है : मेरा पैर सो गया है और मुझे बहुत जोर से सु-सु आई, तुम्हारे जागने का वेट कर रही थी।

अर्जुन हँसता है, और तुरंत उठ के बैठ जाता है। राधिका को पैर हिलाने से गुदगुदी हो रही है पर ब्लॉडर प्रेशर के कारण उस से हँसते भी नहीं बन रहा।

अर्जुन उसे गोद में उठाताहै, और झाड़ियों के पास ले जाता है। दोनों एक दूसरे को देखकर मुस्कुराते हैं।

पर राधिका अभी भी अपने पैर को महसूस नहीं कर पा रही थी। अर्जुन उसे गोद से उतर कर जोर-जोर से राधिका के पैर को झटका रहा है।

राधिका : तुम उस तरफ चले जाओ मैं हैंडल कर लूँगी।

अर्जुन : देखना कहीं काँटों में मत गिर जाना।

और फिर हँसने लगता है।

जैसे तैसे राधिका काम निपटा कर झाड़ियों से थोड़ा लड़खड़ा कर बाहर आती है।

अर्जुन उसके फोन पे किसी से बात कर रहा है, फिर उसकी तरफ फोन बढ़ाने से पहले : येस प्लीज़ टॉक टू हर...

राधिका फोन लेती है : हेलो... येस आई हैव एप्लाइड। या थैंक्स आई विल बी देयर डे आफ्टर। थैंक्स।

अर्जुन उस की तरफ थोड़े असमंजस में देख रहा था...

राधिका ने फ़ोन पॉकेट में रखते हुए कहा: मैं जॉब क्विट कर के फुल टाइम एक्टिंग करना चाहती हूँ। इसलिए मैंने इस थिएटर के लिए अप्लाई कर दिया।

अर्जुन : एक बार फिर से अच्छे से सोच लो।

राधिका : सेविंग्स की है, कैलकुलेशन भी की है पूरा एक साल दूँगी। जब आप सो रहे थे तब यही सब कर रही थी।

अर्जुन : माय जीनियस । गिव मी अ हग।

दोनों एक दूसरे की कमर में हाथ डाले होटल की तरफ चल पड़ते हैं, आज वो एक दूसरे के सपनों के चित्रकार बन चुके थे।

14

तपस्या युद्धशिक्षा की

समय और साँसो में होड़ लगी है, राधिका जिम में ट्रेडमिल पे दौड़ रही है। उसने शायद दुनिया का सबसे चुनौतीपूर्ण रास्ता चुन लिया है। पर वो जानती है कि उसकी हार सिर्फ उसकी हार होगी पर अगर वो जीत गई तो ये जीत उन लाखों करोड़ों उसके जैसी लड़कियों की होगी।

करीब दो साल बीत गए हैं, उसे बहुत अच्छे से याद है, जिम में आना शरूआती दिनों में कितना मुश्किल होता था। पर अब डान्स, रनिंग और वेट ट्रेनिंग ने पिछले दो सालों में उसके लिए हर नकारात्मक सोच को दूर रखने का जरिया बन गया है।

एक ऐसी जंग में शरीक होना जिसमें आप जानते हैं कि शहादत की सम्भावना जीत से कई गुना ज्यादा है, आपके अंदर और दूसरों के अंदर हार पल कई नकारात्मक विचार उत्पन्न करता है, इन विचारों को आप सिर्फ अपनी जंग की तैयारी के तरफ और ज्यादा मेहनत करके ही ख़त्म कर सकते हैं, पर ये रक्तबीज की तरह बार बार हर रोज पनपने वाले जिद्दी किस्म के राक्षस की तरह होते हैं। इनसे आपको हर रोज हर पल लड़ना होता है, और राधिका इन्हें रोज जिम में हराती है।

उसके पिता उस के जॉब छोड़ने से बहुत नाराज हैं, वह उस से एक साल से बात नहीं कर रहे हैं। उसने अर्जुन के बारे में अपनी माँ को बताया था पर माँ ने साफ बोल दिया कि

कालिंदी : राधिका! अंतरजातीय विवाह के लिए पापाजी कभी नहीं मानेंगे। और तुम से वो पहले से नाराज हैं, । आई आई टी में सिलेक्शन नहीं होने से लेकर अब तक वो तुमसे हर दिन नाराज होते हुए ही आये हैं, ऐसे और काम तुम ना ही करो।

राधिका के थिएटर में आज एक नाटक है जो उसे थोड़ा उत्साहित भी कर रहा और सता भी रहा है । वह सूर्पनखा का किरदार निभा रही है। इस नाटक की पहले दिन रिहर्सल से ही उसे समझ नहीं आ रहा है कि उसमें और उस किरदार में क्या समानांतर धागे है, क्यों उसे इस किरदार से इतनी हमदर्दी या गहरा रिश्ता लग रहा था या जानबूझकर उसे यह किरदार दिया गया है। इस नाटक के कई हिस्से उसे अपनी निजी जिंदगी में महसूस किए हुए लग रहे हैं। इस नाटक में उसके साथ है अंजली जो राधिका को फूटी आंख पसंद नहीं करती। वह इस नाटक में सीता बनी हुई है,अंजली बेहद खूबसूरत गौर वर्ण लड़की है, फिर भी उसे राधिका से बेहद जलन है, थिएटर में उसकी खूबसूरती राधिका की एक्टिंग से जीत ही नहीं पाती है। वह राधिका को कभी भी भला बुरा कहना नहीं चूकती। पर हर बार ही राधिका को उसके परफॉर्मेंस के लिए बहुत सराहा जाता है, वह थिएटर में सब की लाडली है यह बात अंजलि को बहुत खटकती है।

सभी पार्टिसिपेंट्स ड्रेसिंग रूम में रिहर्सल कर रहे हैं। राधिका भी तैयार हो रही है, 2 साल से इतने नाटक करने के बाद आखिर क्यों इस नाटक से उसे अजीब बेचैनी हो रही है।

नाटक का समय हो चुका है, उसके सारे साथी पर्दे के पीछे नाटक का सेटअप कर रहे हैं। राधिका अभी भी अपनी तंद्रा से बाहर नहीं आ पाई है, वह किसी तरह अपने आप को वर्तमान में अपने किरदार पर फोकस करना चाह रही है पर न जाने किरदार से ज्यादा उसके दिमाग में जीवन कई सीन फ्लैशबैक हो रहे हैं।

अर्जुन का फोन आता है, अपने भावों को संभालते हुए वह फोन उठाती है, और नाराजगी के स्वर में बोलती है,

राधिका: अर्जुन मैंने मना किया था ना यह नाटक देखने आने के लिए आई एम नॉट फीलिंग माय बेस्ट।

अर्जुन: दैट्स वाय ई एम हेयर।

वह नाराज स्वर में बात कर रही थी पर कहीं ना कहीं उसे राहत मिली थी, अर्जुन के प्यार ने फिर से एक बार उसे उन सारे नकारात्मक विचारों को पीछे छोड़ वर्तमान में ध्यान केंद्रित करने पर विवश कर दिया है।

नाटक शुरू हो चुका है, नाटक का नाम है "सूर्पनखा का विलाप"

वन में भटकते हुए राम लक्ष्मण का सामना एक मायावी खूबसूरत महिला से होता है, वह तरह-तरह के बनाव- श्रृंगार को बदल बदल कर दोनों के सामने विवाह का प्रस्ताव रख रही है पर दोनों भाई उसके किसी भी माया पाश से प्रभावित हुए बिना उसका प्रस्ताव ठुकरा देते हैं, तब भी वह मायावी महिला लक्ष्मण जी के तरफ

अपना प्रस्ताव लेकर आगे बढ़ती है, तब लक्ष्मण जी तलवार से उसकी नाक काट देते हैं।

वह मायावी महिला कराहती हुई नदी के तरफ गिर पड़ती है....

अचानक स्टेज पर अंधेरा हो जाता है सिर्फ उस स्त्री के जोर-जोर से चिल्लाने की आवाज आ रही है

सूर्पनखा: हा रावण हा रावण....

जब उजाला होता है तो उस खूबसूरत महिला की जगह एक डरावनी राक्षसी सूर्पनखा नदी के पानी में कराहते हुए अपना प्रतिबिंब देख रही है...

सूर्पनखा :

तुमने आखिर क्यों काटी मेरी नाक
क्या है बोलो... क्या है मेरा अपराध
क्यों दिया है बोलो मुझे यह अभिशाप
प्रेम का यह उत्तर है तुम्हारा अभिमान
क्या मैं राक्षसी हूं तो मैं स्त्री ना हुई ?
कैसे मैं सारी नारियों से अलग हुई ?
प्रेम और सम्मान की क्या मैं हकदार नहीं ?
सदियों तक इस प्रश्न का उत्तर है क्या कहीं?
क्या मेरे प्रेम और भावनाओं का कोई आधार नहीं ?
या मैं एक आत्मा नहीं, यह अपमान मेरा प्रतिकार नहीं...?
हे देवता गण राक्षस गण और समस्त सृष्टि के जीव जंतुओं...
मेरा ऐसा होना क्या मेरा दोष है??? बोलोssss?
(पागलों की तरह पूरे स्टेज को कवर करते हुए ऑडियंस से पूछती है...)
बोलो क्या मेरा दोष है... बोलो हां हां बोलो...?

(फिर से राम लक्ष्मण और सीता जी की तरफ मुड़कर, पागलों की तरह हंसते और रोते हुए अपनी लाल आंखें और भी डरावनी बनाते हुए)

सदियों तक यह ज्वाला ना बुझेगी...
(सीता बनी अंजली की तरफ इशारा करते हुए)
मेरे प्रतिशोध की आग में यह भी जलेगी,
एक दिन यह भी जलेगी- 5

यह बोलते हुए वह जमीन पर निढाल रोती हुई गिर पड़ती है, स्टेज की लाइट्स डिम हो जाती है और पर्दा गिर जाता है।

नाटक खत्म होने के बाद, अर्जुन ड्रेसिंग रूम में आकर उसे गले लगा लेता है,

अर्जुन: व्हाट ए परफॉर्मेंस। मुझे विश्वास ही नहीं हो रहा तुम इतनी अच्छी एक्टर बन गई हो। तुमने तो एक विलन को हीरो बना दिया।

राधिका अभी भी सिसकियां भर रही थी, पर मुस्कुरा रही थी । इस अच्छे परफॉर्मेंस की वजह वह जानती थी आज उसकी युद्ध शिक्षा की तपस्या का सबसे महत्वपूर्ण अध्याय उसने जीत लिया है।

15

आमदनी अठन्नी खर्चा डॉलर का

अर्जुन और राधिका की सेविंग्स कब ख़त्म हो गई थी, पता ही नहीं चला, पांच साल की सेविंग्स का कोई हिसाब नहीं था. जॉब छोड़ने के पहले साल में ही दोनों के बैंक एकाउंट्स खाली हो चुके थे. राधिका को दूसरे साल से थिएटर के थ्रू ठीकठाक इनकम होने लगी थी, जो सिर्फ दोनों के घर खर्च को बमुश्किल चला पाती थी. अर्जुन की पिछले तीन सालों से कोई इनकम नहीं थी, शायद वह अपना पूरा वक़्त राधिका को एक ब्रांड बनाने में लगा रहा था या फिर वह भी थकने लगा था। राधिका का उसके प्यार की तरफ नजरअंदाजगी से या धीरे धीरे वो खुद का आत्मविश्वास खो रहा था. कुछ तो था जो बार बार उनके रिश्ते पे चुपचाप कई अनकहे सवाल उठाता था, हर बार प्यार की ख़ामोशी इन सवालों के शोर को दबा देती थी.

खुशनुमा खर्चीले शौकों के बीच पनपा प्यार, अब सपनों को पाने की होड़ की अग्निपरीक्षा से गुजर रहा था। शायद खूबसूरत यादें बनाते ही लोग इसीलिए है कि तकलीफ के समय फिर से खूबसूरत यादों को बनाने का लालच उन्हें सारी तकलीफ झेल चलते रहने पे मजबूर करे. अर्जुन भी म्यूजिक प्रोडक्शन करना सीख रहा है, उसने डी जे कंसोल और दूसरे इक्विपमेंट अपनी सेविंग्स से खरीदे हुए दो साल हो गए हैं। वह जब भी कोई नया ट्रैक बनाता है तो बहुत उत्साह से राधिका को उसका लिंक भेजता है, उसका फीडबैक पाने के लिए। पर पता नहीं राधिका कभी उसके ट्रैक को पूरा सुनती ही नहीं है, या कभी सच नहीं बोलती हमेशा ऊपरी-उपरी तरह से उसे प्रोत्साहन देती है। वह कभी अर्जुन को सोशल मीडिया से इवेंट मैनेजमेंट कंपनीयों को अप्रोच करने की सलाह देती है तो कभी उसे वेडिंग प्लानर्स

को कांटेक्ट करने कहती है, ताकि उसे डीजे शो मिल सके। राधिका की सलाहों और मशविरों में एक अजीब सी जल्दबाजी थी,

रोज इधर-उधर के बहाने से उसको कहना चाहती है, कि अगर वो कोई जॉब ढूंढ़ ले तो घर वाले शादी के लिए मान जाएंगे पर, तीन सालों में जितनी बार उसने यह कहा है उतने बार एक कड़वाहट भरा द्वन्द होता है, जो उनके बीच के प्यार को हर बार थोड़ा कम कर देता है।

राधिका के घरवाले उसपर शादी करने का लगातार दबाव बना रहे हैं। वह जितना इन रिश्तों और सपनों की गुत्थियों को सुलझाने की कोशिश कर रही है, उतना ही दमघोंट वास्तविक जीवन की परिस्थितियों में उलझती जा रही है।

आखिरी बार दो महीने पहले उसने अर्जुन से यह बोलने की कोशिश की थी,

राधिका: डोडो! इस वीडियो को देखो इसमें कितनी प्यारी छोटी सी फैमिली है, एक छोटा सा बेबी है, एक हमारे जैसा प्यारा क्यूट कपल है। हम कब शादी करेंगे और ऐसी फैमिली बनाएंगे। प्लीज ना कोई जॉब ज्वाइन कर लो ना....पेरेंट्स मान जाएंगे मेरे। मैं भी 30 की हो जाऊंगी, मम्मी बोल रही थी कि घर बसाने की उम्र निकली जा रही है शादी कर लूं।

अर्जुन: कम ऑन यार राधिका फिर से शुरू मत हो जाओ प्लीज़। यार हम करते थे ना दोनों जॉब तब तुम्हारे पेरेंट्स माने थे क्या ? जो अब मान जाएंगे और मैं बार-बार तुम्हें यह नहीं समझा सकता। कुछ साल लगेंगे हमें, फाइनेंशियली स्टेबल होने में। हम अभी शादी कर सकते हैं क्या? बोलो बच्चे पैदा कर भी लेंगे तो उन्हें खिलाएंगे क्या? जॉब करने का बोल कर तुम मुझे हमेशा इंसल्ट करती हो जैसे मैं तुम्हें मोरली सपोर्ट करता हूं वैसे तुम मुझे सपोर्ट कभी भी नहीं करती।

राधिका ने चुपचाप बात पलट दी ताकि आगे उन में बहस ना हो। अर्जुन का इस तरह झल्लाना उसे बहुत दुखी करता था । पर वह कर भी क्या सकती थी जब उन दोनों ने अपने जीवन के प्यारे छोटे-छोटे सपने संजोए थे, तब उसके माता-पिता, भाई-बहन किसी ने भी उसकी भावनाओं को नहीं समझा और ना साथ दिया।

राधिका अब रिश्तेदारों से बात करने में कतराती है। वह अब अपने सगे रिश्तेदारों की शादी में नहीं जाती, क्योंकि अब तो उससे उम्र में सारे छोटे भाई बहनों की शादियां होने लगी थी। उसको लगता है, उसने जीवन में हमेशा सबसे कठिन रास्तों को चुना है , जिसकी कठिनाई का अंदाजा उसे पहले नहीं था..... चाहे जीवनसाथी हो या उसका करियर.... हमेशा।

वह रोज अपने चचेरे -ममेरे -फुफेरे भाई -बहनों, कॉलेज स्कूल फ्रेंड्स की सेटेल्ड लाइफ सोशल मीडिया पे देख कर कभी अपने फैसलों को कोसती तो कभी अपनी

किस्मत को....

राधिका की एक फ़ोन कॉल पे अपने पिछले प्रोजेक्ट का बचा हुआ पेमेंट के लिए बहस छिड़ी हुई है, खैर ये इस इंडस्ट्री की आम बात है, आप काम आज करते हैं आपको पेमेंट दो या तीन महीने बाद होता है, वो भी आधा अधूरा या इस तरह की कई बहसों के बाद....ये फ़िल्मी दुनिया बाहर से जितनी चमकदार दिखाई देती है, उससे कहीं ज्यादा परतों वाला अंधेरा है इसमें.... जब तक आप एक सुपर स्टार नहीं बन जाते.

अर्जुन कॉफ़ी के मग्स लेकर राधिका के बगल में बैठकर एक मग उसकी तरफ बढ़ाता है: क्या हुआ? टेंशन मत लो कॉफ़ी पियो।

राधिका कॉफ़ी साइड में रख निढाल उसकी गोद में सर रख अपनी आँखों पर दोनों हाथ रख के अचानक से फफ़क़ फफ़क़ कर रो पड़ती है:

मैं थकने लगी हूँ, अब और स्ट्रगल नहीं किया जाता..... कुछ समझ नहीं आ रहा.... अकाउंट में तीन सौ रूपए पड़े हैं. घर का रेंट और दूसरे खर्च का टेंशन हर वक़्त दिमाग़ में रहता है। कई बार लगता है मम्मी पापा सच बोल रहे हैं कि किसी अमीर लड़के से शादी कर लूं और अपना जी का जंजाल खत्म करूं।

अर्जुन राधिका की आखिरी लाइन सुन स्तब्ध रह जाता है, कुछ देर चुप रहने के बाद उसको समझाता है: अभी सिर्फ तीन साल हुए हैं, हमें अपने सपनों को चुने हुए, लोग तीस-तीस साल बिता देते हैं, तुम अपनी प्रोग्रेस पे ध्यान दो कल से बेहतर हो या नहीं। तुम्हें थिएटर में सब कितना एपरिशीएट करते हैं। तुम्हारे थिएटर के थ्रू तुम्हें कई रोल भी ऑफर होने लगे हैं, ट्रस्ट मी मैंने कभी सपने में भी नहीं सोचा था कि तुम इतना फ़ास्ट ग्रो करोगी। लोग इस इंडस्ट्री में एंट्री मिलने के लिए पूरी लाइफ भी लगा देते हैं, पर उन्हें कुछ नहीं मिलता। सो लव जस्ट काउंट ऑन योर ब्लेस्सिंग्स, एंड बी ग्रेटफुल....

अर्जुन के चेहरे पे एक बेचैनी है, वो राधिका के आंसू पोंछ कर सर को सहला रहा है, पता नहीं सुबकते हुए वो कब सो जाती है. अर्जुन मोबइल पे साइड इनकम के तरीके देख रहा है... पर उसके चेहरे पे एक अजीब सी उदासी है, उसने इन तीन सालों में हर पल हर तरह से राधिका का साथ दिया था. वो जितना उसे खुश देखना चाहता था, वो उतना ही उसे हीन भावना से ग्रसित कर रही है, कहे अनकहे तरीके से उतना ही उसे लो फील करवा देती है। अपनी कॉफ़ी ख़त्म करते हुए वो कभी अनमने ढंग से फ़ोन पे चल रहे साइड इनकम वाले वीडियो को देखता तो कभी राधिका के दुखी चेहरे को.... उसे शायद समझ आने लगा है कि :

"झूठ बोला था उसने और झूठ बोला था मैंने"....

झूठ बोला उसने और झूठ बोला मैंने, क्योंकि हम एक दूसरे को खुश देखना चाहते थे।

वक्त लाएगा क्या मंजर, इस डर के बावजूद हम अपनी राह खुद बनाना चाहते थे।

अब सोचते हैं फिर ऐसा क्यों लगा था , कि राह एक होकर भी हम मंजिल अलग अलग पाना चाहते थे।

पता नहीं किस ने मंत्र फूंका था हमारे कानों में कि, प्यार गिरवी रख के पैसा कमाना चाहते थे।

पैसे का पागलपन चल रहा है, चल क्यों दौड़ रहा है , (दौड़-दौड़ के मिल्खा सिंह बन गया है महानुभाव)

क्या हमने झूठ बोला था कि, हम दोनों एक दूसरे को खुश देखना चाहते थे ?

क्योंकि खुश तो सिर्फ हम तभी थे जब हम दोनों, एक दूसरे के साथ चलना चाहते थे-2

झूठ बोला था उसने और मैंने , कि हम एक दूसरे को खुश देखना चाहते थे .....

16

कुश्ती : भूरी बनाम कल्लो

"सूर्पनखा का विलाप" नाटक देखने कई बड़ी हस्तियां आईं थीं, जिन में कई डायरेक्टर्स और कास्टिंग डायरेक्टर्स भी थे। उनमें से एक थे डायरेक्टर आनंद कुमार, उन्होंने नाटक के सभी किरदारों को अंत में बधाई दी और राधिका को उनके एक शॉर्ट फिल्म प्रोजेक्ट के लिए ऑडिशन देने कहा। राधिका के 2 साल की कठिन तपस्या में ऐसा पहली बार हुआ था, उसकी खुशी का ठिकाना नहीं था।

वह कभी भगवान को धन्यवाद देती तो कभी अपने सितारों को, उसे यह उसके एक्टर जीवन की नई शुरुआत लग रही है।

आनंद कुमार जी ने उसे कई जेनुइन ऑडिशंस ग्रुप और कास्टिंग डायरेक्टर्स से भी कनेक्ट कराया।

धीरे-धीरे उसे रोल्स मिलने लगते हैं। अंजली गैंग राधिका को इतने रोल मिलने से खुश नहीं थी, रोज शाम को थिएटर में आमना-सामना होने पर वे कोई ना कोई कमेंट जरुर पास करते। कई कमेंट्स के राधिका हंसते हुए जवाब दे देती है और कई कमेंट्स पर चुप रह जाती है, वह इग्नोर करती है कि उसके काम इन सबको एक दिन चुप कर देंगे।

एक दिन शैंपू की ऐड के लिए थिएटर के ऑडिशन ग्रुप पर रिक्वायरमेंट आती है। सभी लड़कियां अपना ऑडिशन बनाकर भेजती हैं। कहीं ना कहीं राधिका को यह कॉन्फिडेंस रहता है, जैसे इतने सारे रोल्स मिले हैं वैसे ही यह रोल भी उसे ही मिलेगा। समय बीतता है पर इस ऑडिशन का कोई रिप्लाई नहीं आता। राधिका अपनी थिएटर रिहर्सल में और दूसरे रोल में बिज़ी हो जाती है।

एक दिन वह अपनी फीस भरने थिएटर के रिसेप्शन पर खड़ी होती है, अंजली और उसकी गैंग भी वहां पर मौजूद है। रिसेप्शन पर लगी टीवी पर एक ऐड आती है, यह वही शैंपू की ऐड थी जिसके लिए सभी ने ऑडिशन दिया था, और उसमें अंजली को फीचर किया गया था।

राधिका को काटो तो खून नहीं जैसी स्थिति है। कहीं ना कहीं उसे यह दंभ और घमंड था कि उसे सबसे ज्यादा रोल ऑफर हो रहे हैं। वह कुछ सोचती इससे पहले अंजली उसके पास आती है। आज अंजली का दिन था। राधिका के सामने इतराती है, इतराकर राधिका से पूछती है,

अंजली: कंग्रॅचुलेशंस नहीं बोलोगी राधिका?

राधिका: (अपने जलन के भाव छुपाते हुए) कंग्रॅजुलेशंस।

अंजली: थैंक्स डार्लिंग। मैंने सुना तुम भी दो-तीन रोल कर रही हो अभी, कौन-कौन से रोल्स कर रही हो।

राधिका को समझ नहीं आता है अंजली उसकी तारीफ कैसे कर रही है, वह एक्साइटमेंट में बताती है, जैसे यह सुनहरा मौका है अंजली पर रौब झाड़ने का,

राधिका: अभी तीन रोल कर रही हूं, एक फीमेल डाकू गैंग में डाकू का, एक बैगर और एक गांव की लड़की का रोल है।

अंजली तुरंत अपना गिरगिट की तरह रंग बदलती है शायद यह उसकी अब तक की एक्टिंग का सबसे अच्छा परफॉर्मेंस था,

अंजली(एक सीरियल वाली विलेन की तरह इतराते हुए): ईssयू पूजा (अपनी गैंग की पूजा की तरफ देखते हुए) यह कैसे रोल हैं, (राधिका से बोलती है) तुम्हें बहुत मन करता होगा ना इस तरह के सुन्दर रोल को करने का पर अफ़सोस कुछ चीजें गॉड गिफ्ट होती है जैसे हुस्न, खूबसूरती, सुंदरता एक्सेक्ट्रा।

(और ठहाका लगाकर हंस देती है)

काश तुम्हें भी मेरी तरह किसी खूबसूरत लड़की का रोल मिलता तो मैं भी तुम्हें कांग्रेचूलेशंस बोल पाती।

अंजली की पूरी गैंग हंसने लगती है और वहां से चली जाती है, पर राधिका पर यह कटाक्ष किसी बिजली की तरह गिरता है उसका रोम-रोम अपमान से भर गया है। उसके पास इस अपमान का कोई उत्तर नहीं है। जिन रोल्स के मिलने पर वह अपने आप को सबसे भाग्यवान समझ रही थी अब वही रोल उसके सामने फ्लैशबैक हो रहे थे ऐसा कोई भी रोल नहीं था जिस में उसे खूबसूरत बताया गया हो।

जैसे तैसे वह अपने घर पहुंचती है, और अभी तक जितने रोल उसे ऑफर हुए हैं उन सब की स्क्रिप्ट्स निकाल कर बैठ जाती है। वह अपने बारे में अंजलि की कही गई बात को सच मान बैठी है कि उसे सारे रोल उसकी बदसूरती के लिए मिल रहे हैं ना कि उसकी अच्छी एक्टिंग के लिए।

वह एक-एक कर सारी स्क्रिप्ट्स को अलट पलट कर देख रही है उसे एक भी स्क्रिप्ट ऐसी नहीं मिलती जिससे वह अंजली की बात को गलत साबित कर सके। वह इन सारी स्क्रिप्ट्स को जला देना चाहती है ।

दो दिन तक जब राधिका अर्जुन का फोन नहीं उठाती है तब अर्जुन उसके घर पहुंचता है,

उसकी हालत देखते ही अर्जुन स्तब्ध रह जाता है, सारी स्क्रिप्ट्स पूरे रूम में इधर-उधर बिखरी पड़ी है, दूध के दो पैकेट गेट पर ही रखे हैं, डस्टबिन फटे हुए कागजों से भरा पड़ा है।

अर्जुन: यह क्या हाल बना रखा है, क्या हुआ है तुम्हें? बोलो?

राधिका बिना कुछ बोले चित्त पलंग पर उल्टा लेट जाती है, अर्जुन उसका सर सहलाते हुए पूछता है,

अर्जुन: तुम्हारी तबीयत खराब थी तो तुमने फोन क्यों नहीं उठाया मैं कितना डर गया था पता है तुम्हें? चलो अब उठो। तुम मेरा छोड़ो किसी का भी फोन नहीं उठा रही हो प्रोडक्शन हाउस से मुझे कॉल आ रहे हैं ना ही तुम दो दिन से थिएटर गई हो, जो तुम कभी मिस नहीं करती।

राधिका अर्जुन के प्यार भरे सवालों को सुनकर अचानक फूट-फूट कर रोने लगती है, अर्जुन उसे गले लगा लेता है।

अर्जुन: आखिर हुआ क्या है टेल मी प्लीज़? व्हाट'स रांग?

राधिका अर्जुन को कुछ भी नहीं बताना चाहती है, अपने आंसू पोछते हुए

राधिका: कुछ नहीं बस ऐसे ही तबीयत खराब थी। टैबलेट्स मैंने ले ली है मैं ठीक हो जाऊंगी। थिएटर से थोड़ा ब्रेक चाहिए था मुझे। कहीं बाहर खाना खाने चलते हैं।

अर्जुन बड़े भोलेपन से

अर्जुन: बस इतनी सी बात, बताया क्यों नहीं ? मुझ से भी ब्रेक चाहिए था क्या? क्या मैं इतना बुरा हूं?

राधिका को तुरंत अपनी गलती का एहसास होता है कि उस कमिनी अंजली के चक्कर में उसने अपने प्यार का दिल दुखाया है वह एक बार फिर से अर्जुन को गले लगा लेती है...

राधिका: आई एम रियली वेरी सॉरी।

अर्जुन का साथ और प्यार पाकर वह एक बार फिर पूरी दुनिया से लड़ने के लिए तैयार है। खासकर उसने अंजली को सबक सिखाने की प्लानिंग करनी शुरू कर दी है। उसने कमर कस ली है कि वह अंजली को गलत साबित करके दिखाएगी। वह खूबसूरत लड़की के रोल्स करके रहेगी।

पूरे डिनर पर वह बहुत खोई-खोई सी रहती है, अर्जुन के लाख पूछने के बाद भी वह कुछ नहीं बताती। बस तबीयत ठीक नहीं है का बहाना बना देती है। उसके दिमाग में भूरी वर्सेस कल्लो की कुश्ती अब शुरू हो चुकी है। वह डिनर के बाद अर्जुन से विदा लेती है। सारे बदसूरत ऑफर जिनमें उसे कहीं भिखारी, नौकरानी, बाई या डाकू बनना था, उन्हें उठाकर डस्टबिन में फेंक देती है और सारे ऑडिशंस ग्रुप पर खूबसूरत लड़कियों वाले किरदारों को ढूंढ कर अपनी प्रोफाइल भेजना शुरू कर देती है।

17

इक्का कटा तरूप की दुप्पी से

राधिका की मनःस्तिथि उस इक्के की तरह थी, जिसे तुरुप की अदना दुप्पी ने काट नेस्तनाबूत कर दिया हो| अंजलि एक तुरुप की दुप्पी ही तो थी जिसने राधिका जैसे इक्के के मनोबल को तोड़ के रख दिया था |

राधिका ने सारे ऑडिशंस ग्रुप छान लिए हैं जहां-जहां भी उसे लगता है कि यह रोल बहुत खूबसूरत लड़की का है, वह सिर्फ उन्ही रोल के लिए अप्लाई कर रही है, जहां लिखा हुआ है "ब्यूटीफुल फेयर अप मार्केट मॉडर्न फीमेल एक्टर रिक्वायर्ड" ।

वह रोज कोई ना कोई ऑडिशन बना कर भेज रही है, पर उसे कहीं से कोई जवाब नहीं आता है। एक महीना बीत जाता है। अर्जुन उससे मिलने की ज़िद करता है और उससे मिलने आता है।

वह उससे पूछता है...

अर्जुनः बेबी आखिर तुम उन सारे प्रोडक्शन हाउसेस के रिप्लाई क्यों नहीं दे रही हो, जिनके स्क्रिप्ट्स तुम्हारे पास है, वह सब मुझे कॉल कर रहे हैं। सारे स्क्रिप्ट्स किधर है मैं तुम्हें ऑडिशन बानवाता हूं।

वह कुछ रिप्लाई नहीं देती, वह उसका कंसर्न इग्नोर करते हुए उसे बाहर डिनर करने चलने के लिए बोलती है।

अर्जुन लाख जतन करता है कि राधिका उसके मन की बात बताए पर राधिका इधर-उधर की बातें कर के उसे कुछ नहीं बताती है।

पूरे डिनर में वह अर्जुन की म्यूजिक प्रैक्टिस के बारे में पूछती है..

अर्जुन: मैडम, आपका मैनेजर हूं आपका काम मैनेज करने के बाद कहां मुझे टाइम मिलता है। पर तुम एक भी रोल कर ही नहीं रही मुझे उन सारे प्रोडक्शन हाउसेस को बोलना पड़ता है कि उसकी तबीयत ठीक नहीं है। दो शॉर्ट फिल्म्स शूट हो चुकीं हैं। उनका एडवांस भी वापस करना पड़ा। मुझे समझ नहीं आ रहा व्हाट्स गोइंग आन इनसाइड योर हेड। आज भी तुम खोई-खोई सी हो। क्या बात है।

राधिका: क्या हम थोड़ी देर काम के बारे में बात बंद करके अपनी पर्सनल लाइफ पर ध्यान दे सकते हैं, जैसे हम शादी कब कर रहे हैं, एक्सेक्ट्रा। पेरेंट्स को दिखाने के लिए कोई जॉब ज्वाइन कर लो ताकि वह हम दोनों की शादी कर दें।

अर्जुन इस बात का कोई जवाब नहीं देता है, और राधिका का यह कंसर्न इग्नोर कर देता है। उसे यह बात कई बार खटकती है कि जब वह राधिका को पूरा सपोर्ट कर रहा है तो राधिका उसके काम को और टाइम को रिस्पेक्ट क्यों नहीं करती। वह हमेशा खून का घूंट पीकर या इग्नोर कर राधिका को कुछ नहीं कहता है।

अर्जुन: रबड़ी बहुत टेस्टी बनी है....

18

बेनकाब हुआ नकली सपना

4 महीने कई ऑडिशंस देने के बाद भी राधिका को एक भी खूबसूरत लड़की का किरदार निभाने नहीं मिलता है। वह बीसियों कास्टिंग डायरेक्टर और कास्टिंग एजेंसीज के वॉक इन ऑडिशंस भी देने गई, पर कोई फायदा नहीं हुआ।

अर्जुन से भी मिलना उसने बंद कर दिया है, फिर भी अर्जुन ने हार नहीं मानी है। वह रोज उसे मैसेज करके, आ रहे ऑफर्स के बारे में जरूर बताता उससे मिन्नतें करता कि राधिका यह सारे रोल न छोड़े। पर राधिका के ऊपर भूत सवार था अंजली को गलत प्रूफ करने का, या शायद यह उसकी जिद थी जो जिद धीरे-धीरे कई सालों से उसके अंदर पनप रही थी। जैसे अंजलि ने उसकी आंखें खोल दी हों, या उसका नकली सपना बेनकाब हुआ हो कि उसको एक्ट्रेस नहीं बनना था उसको बस सुन्दर होना कैसा होता है वह महसूस करना था। बचपन से शायद उसका यही एक सपना था जब से उसने सौंदर्य साबुन निरमा की ऐड में सोनाली बेंद्रे को देखा था। कैसे सभी आपके इर्द गिर्द अपनी पलकें बिछा के आप से बात करने का एक मौका ढूंढ़ते रहते हैं, कैसे वह आपके काम आ जाए यह मौका ढूंढ़ते रहते है, कैसे आपसे दोस्ती करना चाहते हैं, कैसे नौकरी मिलना/ इंटरव्यू देना आसान हो जाता है इत्यादि जीवन जैसे परी की एक कहानी बन जाता है, वह परियों की कहानी वाला जीवन जीना चाहती है।

एक दिन उसे पता चलता है एक बहुत बड़ा प्रोडक्शन हाउस नए चेहरे की तलाश में है, उनकी नई फिल्म की हीरोइन के लिए। राधिका अपने आप को रेडी करना शुरू कर देती है, कई बार डायलॉग रिहर्स करती है और अपनी बेस्ट ड्रेस पहन सही

समय पर प्रोडक्शन हाउस पहुंच जाती है।

सबसे पहले वह ये नोटिस करती है कि वह कुछ ज्यादा तैयार होकर ऑडिशन देने आई है, इसीलिए वह लोगों का घूरना महसूस कर पा रही है। पर आज उससे कुछ भी इनसिक्योर नहीं कर पा रहा है आज वह आर या पार की लड़ाई के लिए यहां आई है। आज अगर यहां पर उसका सलेक्शन हो जाता है तो वह जीत जाएगी, वरना वह अपनी हार मान लेगी। सभी स्क्रिप्ट रिहर्स कर रहे थे। कास्टिंग डायरेक्टर एवं उनकी टीम के असिस्टेंट्स सभी लड़कियों को उनके ऑडिशन नंबर दे रहे थे, साथ ही साथ सभी को शांति बनाए रखने के लिए भी बोल रहे थे।

एक असिस्टेंट राधिका से उसका ऑडिशन अप्रूवल दिखाने के लिए बोलता है जो कि राधिका के पास नहीं है। कास्टिंग डायरेक्टर अक्षय का इन दोनों की बहस पर ध्यान जाता है। वह पास आकर पूछता है

अक्षय: क्या बात है?

असिस्टेंट राघव: सर इनके पास ऑडिशन का अप्रूवल नहीं है। बाकी सारे लोगों ने अपना इंट्रोडक्शन भेजा था और जब उन्हें ऑडिशन का अप्रूवल मिला तभी वह यहां आए हैं।

राधिका: आप ऑडिशन तो देने दीजिए इंट्रोडक्शन मैं नहीं भेज पाई थी।

अक्षय: आपका क्या नाम है?प्रोड्यूसर मैम बाजू वाले केबिन में हैं धीरे बात करिए।

राधिका: राधिका श्रीवास्तव।

रवि: हां तो राधिका जी देखिए यह प्रोटोकॉल है, और इसके रिक्वायरमेंट पर भी साफ-साफ लिखा था कि "हम फेयर अप मार्केट फेस देख रहे हैं" (इस पर आजू-बाजू खड़ी कंटेंस्टेंट्स लड़कियां मुंह छुपा कर हंसने लगती हैं) ना ही आपका इंट्रोडक्शन अप्रूव हुआ ना हीं आपकी प्रोफाइल इस रोल के लिए सूट करती है इसीलिए बाहर का रास्ता वहां है आप जा सकतीं हैं।

कड़वे शब्द और इतनी बेइज्जती भी राधिका का प्रण नहीं डगमगा पाए।

राधिका: सर एक ऑडिशन दे देने में आपका क्या बिगड़ जाएगा, मैं बहुत दूर से....

अक्षय (बेहद रुखे स्वर में) : मेरे पास हर रोज हजारों लोग दूर से दूसरे शहरों से, दूसरे देशों से लोग आते हैं ऑडिशन देने, तो यह जुमला आप मुझे मत बताइए। आपसे एक बार और अच्छे से बोल रहा हूं वह है रास्ता वापस जाइए। रिक्वायरमेंट में साफ-साफ लिखा है कि हमें ब्यूटीफुल फेयर अप-मार्केट लड़की की तलाश है, आप पढ़ी-लिखी नहीं है क्या?

कास्टिंग डायरेक्टर की बेरुखी से राधिका का धैर्य टूट जाता है, वह चिल्ला कर, गेट की तरफ जाते हुए ऑलमोस्ट रोते हुए बोलती है,

राधिका: मैं पढ़ी लिखी हूं मॉडर्न हूं, बट शायद आप पढ़े-लिखे नहीं है इसीलिए गवारों की तरह रिक्वायरमेंट लिखकर भेजते हैं कि "ब्यूटीफुल फेयर मॉडर्न लुक अप मार्केट लड़की चाहिए"। इंडिया की 70% लड़कियां वीटिश -चॉकलेट ब्राउन कैटेगरी में आती हैं, लेकिन नहीं आपके लिए खूबसूरत अप मार्केट मॉडर्न सिर्फ एक फेयर लड़की हो सकती है।

अक्षय बौखला कर: सिक्योरिटी इसको बाहर निकाल कर आओ फ्रस्ट्रेटेड है ये।

ऑडिशन हाल के बाहर एक बड़े न्यूज़ चैनल डाइट बाय काव्यका पत्रकार प्रोड्यूसर मैडम का इंटरव्यू लेने आया हुआ है पर ऑडिशन हाल के गेट पर ही इतना शोर सुनकर ठिठक जाता है। उसके एक इशारे पर उसकी टीम सब कुछ रिकॉर्ड कर रही है। राधिका अक्षय की बेरुखी से अपना आपा खो चुकी है और शायद वह जानबूझकर पत्रकार की टीम को इस प्रोडक्शन हाउस की असलियत बताना चाह रही है...

राधिका चिल्लाकर: आप क्या निकालोगे... मुझे ही यह ऑडिशन नहीं देना, जहां ऐसे लूजर लोग सिलेक्शन कर रहे हैं। मुझे लगा था बड़ा प्रोडक्शन हाउस है। एटलीस्ट यह मेरी बात समझेंगे और मुझे ऑडिशन देने का एक चांस देंगे, पर नहीं यहां तो उलटी गंगा बह रही है, इनका कास्टिंग डायरेक्टर कहता है कि फेयर लड़कियां ही सिर्फ खूबसूरत लड़की का कैरेक्टर निभा सकती है।

और मुझे ऑडिशन देने का एक मौका तक नहीं दिया गया। जितना बड़ा प्रोडक्शन हाउस इतनी ही छोटी सोच।

अक्षय भी कुछ बड़बड़ाता रहा पर पत्रकार को सब कुछ रिकॉर्ड करते हुए देख उसने स्थिति को संभालते हुए चुप रहने ही में ही भलाई समझी

राधिका ऑडिशन हाल के गेट पर खड़े होकर सब कुछ चिल्लाने के बाद वहां से रो कर निकल जाती है।

घर पहुंच कर उस का हाल खिसियानी बिल्ली खंबा नोचे जैसा था। उसने सारे आईने तोड़ दिए हैं, सात आठ सालों में बनी छोटी सी गृहस्थी को पूरा तहस-नहस कर सारा सामान फर्श पर फेक दिया है। उसका नकली सपना बेनकाब हो चुका है, और उसका असली सपना नामुमकिन है यह वह समझ चुकी है। उसे इतनी ज्यादा बेज्जती महसूस पहले कभी नहीं हुई,पता नहीं कब रोते बिलखते उसकी आंख लग जाती है। मोबाइल का जोर-जोर से कभी टेक्स्ट नोटिफिकेशन तो कभी रिंगटोन बज रहा है।

19

जौहर सीने की आग का

आंखें लाल, पसीने और बालों में सने हुए गाल।

इतने से दिमाग में हिमालय जितना ज्वालामुखी फट रहा,

लाल खून का लावा फिर रोम रोम तक जी रहा बह रहा ।

सर से पैर तक, दाहिने हाथ से बांये हाथ तक बस आग लग़ी है

जौहर चालू है,

धधाकता सुलगता

दर्द कहर चालू है.....

राधिका की साँसे बहुत अनमनी सी आती जाती लगती है!

जब वह कोई भी फोन अटेंड नहीं करती है तो अर्जुन उसके घर पहुंच कर गेट बहुत जोर-जोर से खटखटाता है, तब भी गेट न खुलने पर वह गेट को धक्का लगा तोड़ अंदर आता है।

घर की हालत देख अर्जुन के होश फाख्ता हो जाते हैं, वह तुरंत राधिका के चेहरे को अपनी गोद में उठाता है, पूछता है

अर्जुन: आर यू ओके... राधिका फॉर गॉड सेक... संभालो अपने आप को। न्यूज़ में हर जगह तुम्हारी न्यूज़ चल रही है। यह सब करने की क्या जरूरत थी। तुम्हें इतने अच्छे रोल्स मिल रहे हैं पर फिर भी....

राधिका अपने आंसू पूछते हुए उसे बोलती है: तुमने ही बोला था मैं कुछ भी बन सकती हूं और देखो मैं क्या बन गई, यह अच्छे रोल्स है तुम्हे लगता है(आए हुए ऑफर्स के तरफ इशारा करती है)। तुम सिर्फ मुझे पैसा कमाने की मशीन की तरह देखते हो पर तुम्हें प्रॉब्लम नहीं दिखाई देती. पूरे सोसाइटी एंड इंडस्ट्री में प्रॉब्लम नहीं दिखाई देती ! मैंने तुम्हें नहीं बताया लेकिन पिछले चार-पांच महीने से मैं

लगातार खूबसूरत लड़की के किरदारों का ऑडिशन दे रही हूं, क्यों मुझे एक भी खूबसूरत लड़की का रोल नहीं मिला ? जाओ यहां से मुझे अकेला छोड़ दो। तुम्हारे लिए अब कुछ नहीं बचा मेरे पास, इतने बड़े प्रोडक्शन हाउस से झगड़ा करने के बाद मुझे कोई रोल नहीं मिलेगा ना ही पैसे मिलेंगे इसीलिए तुम भी यहां से जाओ। झूठ बोलते हो तुम कि मैं सुंदर हूं। जाओ यहां से प्लीज।

यह सुनने के बाद अर्जुन की आंखों में आंसू आ जाते हैं, उसके प्यार के बदले उसे इस तरह के भद्दे इल्ज़ाम मिलेंगे उसने कभी सपने में भी नहीं सोचा था। वह कुछ बोलने वाला होता है तभी राधिका की बहन न्यूज़ और सोशल मीडिया पर सब देख पुणे से वहां पहुंची है, अर्जुन बिना कुछ बोले दरवाजे से बाहर निकल जाता है...

राधिका अपनी छोटी बहन छोटू के गले लग जाती है, और फिर से रोना शुरू कर देती है। टीवी पर न्यूज़ चल रही है।मोबाइल लगातार बज रहा, टीवी पे राधिका न्यूज़ मे प्रोडक्शन हाउस में चीखते और रोते हुए दिख रही है।

फ़ोन बज रहा है, अख़बार में भी के.के. प्रोडक्शन हाउस और राधिका की न्यूज़ है!

राधिका सिसकते हुएः वह जर्नीलिस्ट ने छाप दिया और पोस्ट कर दिया... (फिर रोना शुरू कर देती है)

छोटू के फोन पर पापाजी का कॉल आ रहा है....

छोटू फोन उठा कर बताती है कि वह पहुंच चुकी है और राधिका उसके साथ है सब ठीक है। पापा जी उसे बोलते हैं कि वह राधिका से बात करना चाहते हैं:

राधिका: पापा जी आपने हमेशा आजादी दी इसीलिए यह सब हो रहा (खूब फुट फुट के रोने लगती है) और मैं आपकी कभी बात नहीं मानी इसीलिए यह सब हो रहा है। हम घर आ रहे पापा हमको नहीं रहना यहाँ आप लोग जो बोलोगे वह करेंगे हमको नहीं बनना कुछ हमको नहीं करना कुछ. (सिसकते हुए)

पापा जी: हां बेटा तुम घर आ जाओ, तुमसे कोई कुछ नहीं कहेगा बेटा बिल्कुल मत घबराओ कोई चिंता वाली बात नहीं है, छोटू है वहां पर वह सब संभाल लेगी बस तुम आ जाओ घर आ जाओ।

राधिका रोते हुएः पापा जी हमें माफ कर दो। हमने इतने बड़े प्रोडक्शन हाउस में लड़ाई कर ली। (सिसकते हुए) अब हमें कोई रोल नहीं मिलेगा पापा जी।

पापा जी: तुम बिल्कुल मत डरो किसी से भी, हम प्रोडक्शन हाउस से माफी मांग लेंगे। बिल्कुल चिंता मत करो चुप हो जाओ।

फोन रखने के बाद, छोटू राधिका से बोलती है: दीदी आप ज्यादा टेंशन मत लो एक अपॉलिजी पोस्ट कर दो कि आपने गलती से गुस्से में आकर प्रोडक्शन हाउस

को बुरा-भला कह दिया। थोड़े टाइम में सब भूल जाएंगे तब आप आकर फिर से ऑडिशन देना शुरू करना या कुछ नया शुरू करना, जो भी आपको सही लगे। इस दुनिया में लड़ाई झगड़े चलते ही रहते हैं, आप बिल्कुल परेशान मत हो। आप मुंह हाथ धो लो मैं खाना ऑर्डर कर रही हूं, आप चुपचाप खाना खाओ सामान में पैक करती हूं।

इंस्टा फेसबुक सब जगह वीडियो वायरल हो गया है। छोटू राधिका के हाथ से मोबाइल छीन लेती है, और टीवी बंद कर देतीहै।

छोटू: अब आप बिल्कुल भी यह न्यूज़ नहीं देखोगी, आप खाना खाकर सो जाइए आराम से कल शाम की ट्रेन है घर की। हम तब तक सामान पैक करते हैं।

राधिका: छोटू पहले अपॉलजी वीडियो बना दें और पोस्ट कर दें?

छोटू: ठीक है पहले यह कर लेते हैं।

राधिका के. के. प्रोडक्शन हाउस से माफी मांगने का वीडियो सोशल मीडिया पर पोस्ट करने के बाद रोते हुए अपने बेड पर लेट जाती है।

छोटू राधिका का सामान पैक करना शुरू करती है।

वह फफक फफक के रो रही है। रोते-रोते वह कब सो जाती है उसे पता नहीं चलता।

दूसरे दिन सुबह फोन के लगातार बजने से उसकी और छोटू की नींद खुलती है। फोन पर एक अननोन नंबर फ्लैश हो रहा है। छोटू फोन अटेंड करती है,

छोटू: हेलो?

छोटू: जी मैं उनकी छोटी बहन छोटू बात कर रही हूं।

छोटू: मैं आपको उनसे बात करके बताती हूं, उनकी तबीयत ठीक नहीं है।

छोटू: जी मैं बात करके बताती हूं।

यह बोलकर छोटू फोन रख देती है।

छोटू, राधिका से: दीदी के.के. प्रोडक्शन से फोन था उसी कास्टिंग डायरेक्टर का, उनकी प्रोड्यूसर मैम आपसे मिलना चाहती हैं।

राधिका: छोटू वह लोग बहुत बड़े लोग हैं वह मुझे कभी माफ नहीं करेंगे... मुझे बहुत डर लग रहा है। फोन स्विच ऑफ कर दो और हम दोनों शाम को घर निकल जाएंगे। (फिर रोना शुरू कर देती है)

छोटू: अरे नहीं दीदी, वह डायरेक्टर बोल रहा था, आपका अपॉलजी वीडियो देखा इसीलिए मैम आपसे मिलना चाहती हैं। आप जाईए और एक बार आमने-सामने उनसे माफी मांग लेना, ताकि आगे आपको किसी चीज का डर ना रहे। जब तक आप मिल कर आओगी तब तक मैं आपका बाकी सामान पैक कर लूंगी।

राधिका अनमने ढंग से हामी भरती है।

20

एक घमंडी खूबसूरत लड़की

राधिका छोटू के कहने पर प्रोड्यूसर से मिलने के लिए हां बोल चुकी है और नहा धोकर तैयार हो गई है पर उसके मन में हजारों तरह के नकारात्मक विचार आ रहे हैं। वह मन में तरह-तरह के माफी मांगने के तरीके सोच रही है। वह छोटू को उसके साथ चलने बोलती है।

छोटू उसको डरा हुआ देखकर उसकी हिम्मत बंधाने उसके साथ चल पड़ती है।

छोटू: दीदी आप डर क्यों रही हो, जो होगा देखा जाएगा वैसे भी हम शाम को घर के लिए निकल रहे हैं। आप बस अच्छे से माफी मांग लेना उनको समझा देना कि आपकी तबीयत खराब थी इसीलिए आप यह सब बोल गए।

नियत समय पर राधिका और छोटू के. के. प्रोडक्शन के मीटिंग रूम में पहुंच जाते हैं। 15 मिनट वेट करने के बाद नेकता मल्होत्रा मीटिंग रूम में एंट्री करती हैं।

फिल्म इंडस्ट्री की सबसे बड़ी शार्क के नाम से जानी जाने वाली मिस नेकता बहुत ही बोल्ड व्यक्तित्व की स्वामिनी है, मूवी बिजनेस में एक महिला होने के बावजूद उन्हें कोई टक्कर नहीं दे सका। अभी तो राधिका की आंखें भी नेकताजी से नहीं टकराई थी और राधिका उनकी एक झलक देखकर वह सारे माफी मांगने के तरीके भूल गई जो वह लगातार रटकर आई थी। वह छोटू का हाथ जोर से भींचती है जो उसके जस्ट बाजू में सोफे पर बैठी है।

राधिका के चेहरे पर इतना डर और पसीना देखकर नेकताजी उसे पानी का ग्लास ऑफर करती है, और छोटू की तरफ मुखातिब होकर पूछती है,

नेकता: आपकी तारीफ?

छोटू भी इतनी स्ट्रांग पर्सनैलिटी के प्रभाव से अछूती नहीं थी वह भी धीरे से बोलती है,

छोटू: मैं इनकी छोटी सिस्टर रश्मि हूं।

नेकता: आप अगर बुरा ना माने तो बाहर बैठ सकती हैं, (व्यंगात्मक तरीके से) मैं आपकी बहन को नहीं खाऊंगी चिंता मत करें, राधिका से सिर्फ थोड़ी बात करनी थी।

राधिका के होश फाक्ता है, वह नीचे सर झुकाए बैठी हुई है और छोटू कमरे से बाहर जा चुकी है।

कुछ सेकेंड के सन्नाटे के बाद नेकता अपना फोन टेबल पर रखती है और राधिका से पूछती है:

नेकता: तो राधिका क्या लोगी चाय, कॉफी, पानी?

राधिका (जिसकी घिग्घी बंधी हुई है, हकलाते हुए धीमी आवाज में) : मम्मम मैम माफ.. माफीफी...

नेकता: माफी??(हंसने लगती है)

नेकता (व्यंग्य से): हां हां माफी भी मिल जाएगी। आप तो माफी मांग चुकी हैं सोशल मीडिया पर अब हमारी बारी है क्यों अक्षय। (उसी कास्टिंग डायरेक्टर की तरफ प्रश्नवाचक निगाहों से देखती है)

अक्षय थोड़ा झेंपता हुआ हामी भरता है, नेकता पियून को घंटी बजा कर बुलाती है और चाय नाश्ता लाने का इशारा करती है।

नेकता: तो तुम्हारा और अक्षय से झगड़े वाला वायरल वीडियो एक बार देख ले साथ में ? कि आखिर मुझे मेरे प्रोडक्शन हाउस को इतना फेमस कैसे कर दिया है? क्या बोलते हो तुम दोनों?

अक्षय और राधिका को काटो तो खून नहीं। अक्षय लड़खड़ाती आवाज में बोलता है: मैम जैसा आप ठीक समझें।

नेकता प्रोजेक्टर पर वह वीडियो चलाती है जिसमें अक्षय राधिका को ऑडिशन नहीं देने दे रहा, और राधिका पूरे प्रोडक्शन हाउस को भला बुरा कह रही है।

दोनों ही अपने किए पर शर्मिंदा है, और सर झुका कर बैठे हुए हैं।

नेकता: राधिका अपनी गलती की माफी मांग चुकी है अक्षय अब तुम्हारी बारी है, मांगों उससे माफी?

अक्षय राधिका की तरफ मुखातिब होकर: आई एम रियली सॉरी राधिका, आई वास जस्ट डूइंग माय जॉब। मुझे तुम्हें ऑडिशन देने देना चाहिए था। जो डायरेक्टर से रिक्वायरमेंट आई थी मैं बस वही कर रहा था।

नेकता: लेकिन वही बात किसी को अच्छे से बोली जा सकती थी ना अक्षय, तुम यह भूल जाते हो कि जब तुम इस ऑफिस में ऑपरेट कर रहे हो तो तुम पूरे प्रोडक्शन हाउस को रिप्रेजेंट कर रहे हो राइट?

अक्षय : राइट मैम आई एम रियली सॉरी आगे से ऐसा कभी नहीं होगा।

नेकता(जम्हाई लेते हुए): आगे का किसने देखा है अक्षय।

इस वाक्य को सुनकर अक्षय रुंआसा हो जाता है, क्या पता उसकी नौकरी आगे रहेगी भी कि नहीं।

राधिका जैसे आने वाले तूफान का आभास होने पर सदमे में बैठी हुई है।

नेकता राधिका से व्यंग्यात्मक तरीके से पूछती है: जैसे मुझे पता चला तुम आज मुंबई छोड़कर जाने वाली हो क्या है तुम्हारी आखिरी ख्वाहिश.... बोलो कौन सा रोल करना चाहोगी अगर तुम्हारी लाइफ पर अगर मूवी बना दूं... तो मूवी का नाम क्या रखोगी?

राधिका के मुंह में जैसे किसी ने ताला लगा दिया हो, ना वह कुछ सोच पा रही है ना वह कुछ कह पा रही है, भगवान उसे उसकी जगह दिखा रहा है, और वह चुपचाप इन व्यंग्य बाणों को भगवान का प्रसाद मानकर ग्रहण कर रही है।

नेकता कुछ सख्ती से पूछती है: अरे बोलो, तुम्हारे पास सिर्फ 8 मिनट हैं, मेरी बातों के जवाब देने के लिए।

राधिका थोड़ी हिम्मत जुटा कर और अपना दिमाग चला कर फुसफुसा कर बोलती है: वो...व्वो.... एक काली घमंडी लड़की।

नेकता(शॉक्ड) : क्या?.... क्या? कौन लड़की? कमआन राधिका थोड़ा जोर से बोलो?

राधिका साफ शब्दों में, पर डरते हुए: एक काली घमंडी लड़की।

इस नाम का सुनना था की नेकता और अक्षय दोनों की हंसी छूट जाती है। नेकता की आंखों में आंसू आ जाते हैं और वह बार-बार टेबल को पीटते हुए हंसती है। दोनों को इतना हंसता देख राधिका भी कनखियों से उन दोनों की तरफ देखकर मुस्कुराने लगती है, उसके हाथ घबराहट के कारण एक दूसरे के साथ कुश्ती खेल रहे हैं।

नेकता: "एक काली घमंडी लड़की" तुम तो मुझ से दो कदम आगे निकली। (बोलते हुए टिशू पेपर से आंसू पोंछती है) तो राधिका बताओ इस फिल्म में इस काली लड़की को घमंड किस बात का है?

राधिका थोड़ा हिचकिचाते हुए पर हिम्मत और भोलेपन के साथ: उसके खूबसूरत होने का। जैसे वह शमौलिका का कैरेक्टर, पर वह विलन नहीं रहेगी, और

घमंडी मार्केटिंग के लिए अच्छा रहेगा

नेकता: अच्छा(व्यंग्य से)! शमोलिका जैसा? इस लड़की को देखकर सब अपना काम भूल जाएं, रास्ता भूल जाए, फिसल के गिर जाए, देखते ही दीवाने हो जाए? तुम्हारे चलने पर हर बार ऐसा म्यूजिक बजे तिन तिनक टिन टिन तिनक तिनक निकाsss! इतनी खूबसूरत दिखना चाहती हो तुम?

अक्षय नेकता की अठखेलियों को देख बिना हंसे नहीं रह पाता और मुंह छुपा कर बहुत जोर-जोर से हंसने लगता है।

राधिका थोड़ा अपराध बोध से घिर जाती है, वह झेंप कर सर झुका लेती है।

नेकता: अरे बोलो भाई सर झुकाने से कुछ नहीं होगा, तुम पहली लड़की मिली हो जो यह पूंछ पाई हो कि मैंने किसी काली लड़की को शमोलिका क्यों नहीं बनाया?

राधिका की हालत चक दे इंडिया की लास्ट शॉट वाली कैप्टन विद्या गोलकीपर जैसी थी, जिसमें उसे समझ नहीं आ रहा नेकता मैम उसका मजाक उड़ा रही है या उसकी तारीफ कर रहे हैं। उसको यहां अपमानित किया जाएगा यह तो उसे पता था पर यह तो तारीफ करने जैसा लग रहा है। नेकता के जोर देने पर राधिका सेल्फ डिफेंस में बोलती है,

राधिका(लगभग एक सांस में): नहीं-नहीं मैम मैं आपको क्वेश्चन नहीं कर रही, मैं सिर्फ... मैं सिर्फ अपने बचपन का सपना आपके साथ साझा कर रही हूं... मैं एक्टर नही बनना चाहती थी, मै बस बचपन से यह फील करना चाहती थी की खूबसूरत होना कैसा होता है। जो कि हर मूवी-सीरियल की हीरोइन को बताया जाता था, बस इसीलिए मुझे हीरोइन बनना था। मैं एक्टर तो बन गई, मैं खुश थी। काफी सारे वूमेन सेंट्रिक रोल भी आ रहे थे पर वह सब बेचारी गरीब बदसूरत लड़कियों के रोल थे, जब किसी ने बचपन के घाव को कुरेदा, तो मैं एक खूबसूरत लड़की का किरदार निभाने की चाह में पागल हो गई और बहुत ट्राई करने के बाद भी एक भी खूबसूरत किरदार में मेरा सिलेक्शन नहीं हुआ, तो गुस्से में अक्षय सर से झगड़ा कर बैठी, और प्रोडक्शन हाउस को भी....

नेकता(राधिका को बीच में ही टोकते हुए) : राधिका राधिका राधिका मुझे तुम्हारी राम कहानी सुनने में कोई इंटरेस्ट नहीं है, और मेरे हिसाब से तुम्हें भी नहीं होना चाहिए। हर किसी की लाइफ में फ्रस्ट्रेशन का नींबू है, इसका बेहतरीन शिकंजी कैसे बनाया जाए या धागा और मिर्च लगाकर इसे कैसे बेचा जाए इस बारे में सोचना चाहिए। नींबू तुम बना चुकी हो अपने फ्रस्ट्रेशन के वायरल झगड़े और अपॉलिजी से, यह सोचो कि इसे बेचा कैसे जाए???....

राधिका नेकता के इस रुख को बिल्कुल भी समझ नहीं पाती है, वह थोड़ा हिम्मत करके बोलती है,

राधिका: मतलब... मैम?

नेकता(घड़ी में टाइम देखते हुए): मतलब तुम खुद बाद में समझ लेना यह क्लैप बोर्ड उठाओ...

राधिका टेबल पर रखा क्लैप बोर्ड को उठाती है, जिस पर एक मूवी का नाम लिखा है "एक खूबसूरत लड़की..." प्रोड्यूसर की जगह लिखा है "नेकता मल्होत्रा"।

राधिका चुप है, अक्षय और नेकता मुस्कुरा रहे हैं। नेकता किंकर्तव्यविमूढ़ राधिका के हाथ से क्लैप बोर्ड लेती है, और एक मार्कर पेन उठा कर बोलती है,

नेकता: तो... ऐसा करते हैं ना तुम्हारी ना मेरी... मूवी का नाम "एक घमंडी खूबसूरत लड़की" रखते हैं...

(क्लैप बोर्ड पर मूवी के नाम में "घमंडी" शब्द जोड़ने के बाद राधिका की तरफ कुछ पेपर्स बढ़ाते हुए...)

नेकता(कटाक्ष करते हुए): मैडम बोलो आपने जो नींबू बनाया है, उसकी शिकंजी दुनिया के लिए बनाना हमारे साथ पसंद करेंगी?? बनोगी हीरोइन हमारी फिल्म की?

राधिका अवाक् रह जाती है, वह पेपर्स मूवी साइनिंग एग्रीमेंट है। अक्षय मुस्कुराते हुए उसकी तरफ एक पानी का ग्लास बढ़ाता है, वह एक सांस में पूरा ग्लास पानी पी जाती है, शक की निगाहों से नेकता की तरफ देखती है जैसे पूंछ रही हो यह सच है या सपना?

नेकता: बोलो?? मैं पहले बता चुकी हूं मेरे पास टाइम नहीं है?

राधिका एग्रीमेंट हाथ में मजबूती से पकड़, घबराहट का घूट गुटक कांपते हुए: मैम... हां मैम जरूर करूंगी... मैम कैसे आपको थैंक्स...

राधिका इसके आगे कुछ बोल पाती कि नेकता राधिका के हाथ से एग्रीमेंट छीनते हुए,

नेकता: अरे बोलो बोलो रुक क्यों गई मुझे थैंक्स बोलो, दुआएं दो, मुझे ही क्यों मेरे पूरे खानदान को, अक्षय को सबको थैंक्स बोलो...

(राधिका को एग्रीमेंट की तरफ देखते हुए देख नेकता बोलती है)... अच्छा यह एग्रीमेंट? यह नया बनाना पड़ेगा ना मूवी का नाम चेंज हो गया है, एक-दो दिन में तुम्हारे पास पहुंच जाएगा(आंखें घूमाते हुए) अगर तुम मुंबई छोड़कर नहीं जा रही हो तो।

राधिका बहुत इमोशनल हो गई है, उसकी आंखों से आंसू बह निकले हैं, अपने आप को संभालते हुए, वह अपनी जगह से उठकर मैम के पैर छूने लग जाती है, नेकता उसे रोक कर गले लगा कर बोलती है,

निकता: डॉन्'ट क्राय! बी हैप्पी। अब तो तुम्हारा सपना पूरा हो रहा है, और हमारी शिकंजी भी।

राधिका रोते-रोते हंस देती है। नेकता राधिका को साइनिंग अमाउंट का चेक देकर उसे विदा करने वाली ही थी कि राधिका बोलती है

राधिका: मैम मेरी एक रिक्वेस्ट है।

नेकता: हां बोलो मैडम।

राधिका झेंपते हुए: मार्केटिंग आईडिया है, आप मूवी की कोई भी स्क्रिप्ट रखें पर एक रीमिक्स सॉन्ग जरूर रखना जिसमें सारे पुराने रेसिस्ट गानों के "गोरे" शब्द को "काले" शब्द से बदल जैसे "काली है कलाईयां, दिला दे मुझे हरी हरी चूड़ियाँ" या "काले-काले मुखड़े पर काला-काला चश्मा" में मेरे हॉटेस्ट ग्लैमर अवतार के साथ और बदमाश जैसे रैपर के साथ आइटम नंबर से मूवी की एंडिंग....

नेकता(थोड़ा अपना एक्साइटमेंट छुपाते हुए, आंखें नीचे कर): हम्म नॉट बैड-नॉट बैड! आई विल थिंक अबाउट इट। अभी तुम जाओ तुम्हारी बहन तुम्हारा इंतजार कर रही होगी।

राधिका साइनिंग अमाउंट का चेक लेकर लगभग भागते हुए ऑफिस केबिन से निकलती है।

नेकता: अक्षय देखना अब यह शिकंजी कितनी कड़वी लगती है डाइट बाय काव्यका को, पर कुछ भी कहो लड़की का दिमाग है मार्केटिंग वाला!

21

संगम

अपने लाल चमकीले गाउन मे खुद चमकती सितारे की तरह एक नदी की रफ्तार से लोगों और कैमरा फ़्लैश वाली भीड़ की जमीन को चीरते हुए राधिका कैसे अपने हाथों में सुनहरी हील्स और पर्स लेहराते हुए स्टेज से भागी जा रही थी..... उसके दूसरे हाथ मे काले रंग की एक पुतली थी जैसे उसके मन और तन दोनों के एक छोटे से हिस्से से उसे ही पुरस्कृत कर दिया गया हो फिल्मडेयर के इस बेस्ट डब्यु अवार्ड से.... पर वह अपने आँखों के काजल और मेकअप के ख़राब होने की परवाह किये बिना, खुशी के आंसू बहाते बस दौड़े जा रही है.... स्टेज पर माइक सीढ़ियों की तरफ फर्श पर लुढ़क रहा है जैसे बता रहा हो उसने राधिका को रोकने की नाकाम कोशिश की थी......

वह अपनी कार में बैठती है, मीडिया के हुजूम का एक हिस्सा उसकी कार का पीछा कर रहा है। उस बेनाम चेहरे को हर कोई सबसे पहले देखना चाहता था जिसका जिक्र राधिका ने अपनी स्पीच में किया था। पूरी दुनिया जानती है कि दुनिया का सत्तर प्रतिशत सिनेमा प्रेम कहानियों पर आधारित है, और ये तो एक ताज़ा सितारा बनने जा रही अदाकारा के जीवन की सत्यकथा पर आधारित है। अतः मीडिया का अतिरेक रुझान सहज़ है। सभी को एक ब्रेकिंग न्यूज़ देने का अवसर साफ दिखाई दे रहा है।

5 घंटे पहले... फिल्मडेयर अवार्ड नाईट 2018

पिछले २ सालों में क्या कुछ नहीं हो गया। भगवान ने राधिका की सारी मुरादें-मन्नतें एक झटके में पूरी कर दी थीं। उसकी पहली फ़िल्म बॉक्स ऑफिस पर बहुत बड़ी हिट बन चुकी है। वह सोशल मीडिया सेंसेशन बन चुकी है, उसकी सांसे रुकी हुई है क्योंकि अब वह अवार्ड अनाउंस होने जा रहा था जिसके लिए उसका नाम भी

नॉमिनेटेड है "फिल्मडेयर बेस्ट डेब्यू एक्टर फीमेल" ।

विनर का नाम अनाउंस होने के बाद राधिका के कान सुन्न पड़ चुके थे, उसे सिर्फ पूरा ऑडिटोरियम उसकी तरफ देखते हुए जोरो से ताली बजाते हुए दिख रहा था। उसके माता-पिता, भाई बहन, "एक खूबसूरत घमंडी लड़की" की टीम, दोस्त सब उसे अपने कंधों पर उठा लेना चाहते हैं, पर फिर भी उसकी आश्चर्य के साथ पथराई हुई आंखों में खुशी के आंसुओं के साथ साथ एक तलाश भी थी। वह सभी को हाथ जोड़कर अभिवादन करते हुए स्टेज पर पहुंच अवार्ड लेने के बाद माइक के पास पहुंचती है।

"वैरी गुड इवनिंग एवरीवन!

कहाँ से शुरू करूँ कुछ समझ नहीं आ रहा, मेरे कान सुन्न है और आंखें धुंधली, जैसा सपने में लगता है। इस अवार्ड को मैं नेकता जी आपको समर्पित करती हूँ।

आप और "एक खूबसूरत घमंडी लड़की" की पूरी टीम, सब बधाई के पात्र हैं। मेरे हाथ में फिल्मडेयर ने आज यह अवार्ड नहीं एक मशाल दी है जो मुझ जैसी लाखों करोड़ों लड़कियों की लाइफ में उजाला भर देगी । आप सभी ने एक छोटे से गांव की लड़की को आपके साथ से कहां पहुंचा दिया है। यह जो वो शायद सपनों में ही जीती आई थी। आशा करती हूँ कि आप सब का साथ हमेशा मुझे आगे बढ़ने और नई ऊंचाईयाँ छूने के लिए हमेशा प्रेरित करेगा।..

मम्मी जी पापा जी राहुल ईशु छोटू (गला रुंध जाता है) मैं आप लोगों को बता नहीं सकती कि मैं ना जाने कब से एक बार आप लोगों का सिर मेरे कारण गर्व से ऊंचा उठा हुआ देखना चाहती थी और देखिए आज वह दिन आ गया। आपके नि:स्वार्थ प्यार एवं परवरिश ने मुझे सपने देखने की आजादी दी। मुझे घमंड है कि माँ आपकी खूबसूरती और पापाजी आपकी सूझबूझ के कुछ अंश मुझमे आये.... मुझे गर्व है कि मैं आपकी बेटी हूँ।....

आज अगर कमी है तो सिर्फ एक गुमनाम शख्स की, वो जिसने मुझे पहली बार मेरे खूबसूरत होने का अहसास दिलाया, जिसने मुझे खुद पे विश्वास करना सिखाया... जिसने मेरा साथ तब दिया जब मैं खुद का साथ नहीं दे पा रही थी। डोडो अगर तुम ये लाइव टेलीकास्ट देख रहे हो तो मैं तुमसे माफ़ी मांगना चाहती हूँ.... पिछले 2 सालों में हर दिन तुम्हें वह सब कुछ बताना चाहती थी जो हम दोनों ने मिलकर साथ जीना था, पर खुद के किये पर बहुत शर्मिंदा थी, मेरी ये जीत और मुझे सिर्फ तुम डिसर्व करते हो। जब तुमने मेरी तपस्या के सारे दुख बाँटे थे तो आज की खुशी बाँटने के सिर्फ तुम हकदार हो... (राधिका का गला रुंध गया है और आँखों से आँसू बह रहे हैं),

(सिसकियाँ लेते हुए) मुझे माफ़ कर दो.... मैं तुम्हारे पास आ रही हूं..... मुझे और कुछ नहीं चाहिए, मेरी सारी खुशियों का वजूद तुम हो।

इतना बोलने के बाद राधिका अपनी हील्स उतार हाथ में उठाती है, और अपना गाउन संभालते हुए तेजी से सीढ़ियों की तरफ भागती है। ऑडियंस पागलों की तरह तालियां बजा रही है, पर जो राधिका के करीबी हैं उनके चेहरे पर एक अजीब ठगे जाने का भाव है, उनमें से किसी को भी यह कैसे पता नहीं था की राधिका के मन में 2 सालों से क्या चल रहा है, और आगे क्या होने वाला है। मीडिया के हुजूम का एक हिस्सा उसके पीछे भागने लगता है।

राधिका के 2 घंटे लगातार सिर्फ यही उधेड़बुन में निकल जाते है, कि वह कैसे उसको गले लगा लेगी वह कैसे उससे माफी मांगेगी, कैसे वह उसे माफ कर देगा और कैसे वह एक नदी की तरह समुद्र में समा जाएगी, बिल्कुल वैसे ही जब पहली बार वह दोनों गले लग कर रोए थे। कैसे उनकी जिंदगी में खुशियां ही खुशियां होंगी, कैसे वह दोनों दुनिया के लिए प्यार की एक मिसाल बनेंगे।

703 तुलसीविहार बदलापुर (लाइव टेलीकास्ट)

राधिका जोरो से एक फ्लैट का बेल बजाए जा रही है, उसके पीछे मीडिया की पूरी टोली इस सब को लाइव कर कर रहा है।

एक शादीशुदा लड़की घर का दरवाजा खोलती है,

राधिका अवाक चेहरे के साथ: वह... वह अर्जुन से मिलना था...

अर्जुन उसे लड़की के कंधे पर हाथ रखते हुए आगे आता है...

अर्जुन : राधिका यहां आने से पहले एक फोन तो कर लेती... लिसेन राधिका मै तुम्हारे लिए बहुत खुश हु पर आई ऍम वैरी बिजी इन माय लाइफ राइट नाउ, बेहतर यही होगा तुम भी अब पास्ट से मूव ऑन कर जाओ आई ऍम हैप्पीली मैरिड नाउ.....

राधिका को जैसे काटो तो खून नहीं, वह यह विश्वास ही नहीं कर पा रही थी कि अर्जुन ऐसा कर सकता है, वह दोनों एक दूसरे के सबसे अच्छे दोस्त भी थे। पर फिर भी अर्जुन ने उसे एक फोन या मैसेज करके कुछ भी बताना जरूरी नहीं समझा।

उसकी पथराई आंखों से आंसू बह निकले थे। अर्जुन को अपने पड़ोसियों और मीडिया की परवाह थी। उसने राधिका को अंदर आकर बैठने कहा। पर राधिका ने उसे अंदर की तरफ धक्का दिया और चीख कर कहा: तुम वह अर्जुन हो ही नहीं। मेरा दोस्त ऐसा नहीं था।

अर्जुन : बस इसीलिए मैंने तुमसे शादी नहीं की....

राधिका : तुम्हारी औकात नहीं थी इसीलिए नहीं की... समझे...

राधिका अचानक दहाड़ मार कर जोर से रोते रोते एक असहाय कटे हुए वृक्ष की तरह नीचे गिर पड़ती है, सुनहरी हील्स, पर्स और अवार्ड जमीन पर छिटक कर दूर जा गिरते हैं।

अर्जुन दरवाजा बंद करने में ही अपनी भलाई समझता है। राधिका रोते हुए न जाने उन दोनों की कितनी ही यादें बड़बड़ा रही है।

राधिका का ड्राइवर और उसकी मैनेजर उसको किसी तरह संभाल कर नीचे कर तक लाते हैं....

पर राधिका का रोना बड़बड़ाना किसी तरह कम नहीं हो रहा था...

राधिका के पैर कार मे अंदर है उसकी मैनेजर राधिका के दोनों कंधे पकड़कर कार के दरवाजे से अंदर करने की कोशिश कर रही है, राधिका जोर जोर से छटपटा रही है और चिल्ला रही है,

" तुम डरपोक हो अर्जुन तुम डरपोक हो..... जैसे उन बंदरों से डर गए थे ना, तुमने एक बार भी मेरे बारे में नहीं सोचा... तुम कभी खुश नहीं रहोगे। तुम बोलो तुम्हें कितने पैसे चाहिए..."

राधिका का घमंड टूटा था या टूटा हुआ दिल था जो इतनी बेहूदगी से बगावत कर रहा था. जैसे आसमान मे अचानक एक तारा चमकता है और वह खुद की चमक के बोझ से टूट जाता है. राधिका की तक़दीर एक झटके मे चमकी थी और बनने जा रही है वो टूटा हुआ तारा.... जो कल की खबरों में टूटा बिखरा मिलेगा....।

www.ingramcontent.com/pod-product-compliance
Lightning Source LLC
LaVergne TN
LVHW091103150826
845673LV00002B/699

* 9 7 9 8 8 9 6 9 9 6 2 0 0 *